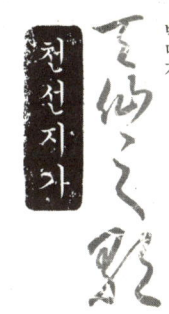

백미가

천선지가

FANTASTIC ORIENTAL HEROES

천선지가 1

백미가 新무협 판타지 소설

초판 1쇄 찍은 날 § 2014년 1월 20일
초판 1쇄 펴낸 날 § 2014년 1월 27일

지은이 § 백미가
펴낸이 § 서경석

편집부장 § 권태완
편집책임 § 박은정
디자인 § 이거일

펴낸곳 § 도서출판 청어람
등록번호 § 제1081-1-89호
등록일자 § 1999. 5. 31
어람번호 § 제2-2453호

주소 § 경기도 부천시 원미구 심곡2동 163-2 서경B/D 3F (우) 420-822
전화 § 032-656-4452 팩스 § 032-656-4453
http://www.chungeoram.com
E-mail § chungeorambook@daum.net

ⓒ 백미가, 2013

ISBN 978-89-251-3680-6 04810
ISBN 978-89-251-3679-0 (세트)

백미가 新무협 판타지 소설

FANTASTIC ORIENTAL HEROES

1

천선지가

도서출판 청어람

序章

사천성 성도 인근의 장가촌!

이곳이 장가촌이라 불리는 이유는 한 가지이다.

인근의 자랑인 청수대학사 장일이 세운 장가장이 있기 때문이다.

일찍이 그는 유기, 섭첨, 송렴 등과 절강 지역의 산악지대에 살며 고고한 선비의 삶을 살았으나 명을 세운 주원장의 간곡한 권유에 출사, 대명의 기틀을 다진 이다.

하나 그런 그는 명의 건국 이후 큰 벼슬을 얻을 거라는 주변의 예상을 깨고 돌연 낙향했다.

그런 그가 자리 잡은 곳이 바로 이곳 성도 인근의 장가촌이다.

그런 장가장의 한편.

장일의 식솔들이 거처하는 외원의 별채 안 침상에 걸터앉은 한 소년이 한숨을 내쉬고 있었다.

"에휴! 이게 어떻게 된 일이지?"

이제 열 살이나 되었을까?

어린 소년의 입에서 그 나이 때의 아이들이 내뱉을 말이 아닌 한숨 섞인 목소리가 흘러나왔다.

그는 연신 주변이 신기한 듯 두리번거렸다.

도무지 지금 자신이 처한 상황이 이해가 되지 않은 탓이다.

"근데 여기가 어디야? 영화 세트장인가? 어라? 이 몸은 또 뭐야?"

소년은 별채 곳곳을 살펴보며 신기해하다 문득 자신의 몸뚱이를 보곤 놀라 외쳤다.

이는 얼마 전까지 자신은 이십대 청년이었기 때문이다.

"그러고 보니 난 분명히……."

소년은 그렇게 황당해하다 문득 뭔가 떠올랐는데, 이에 경악했다.

"…난 분명히 죽었잖아!"

그랬다.

소년은 대한민국이란 땅에서 살다 얼마 전 불의의 사고로
죽은 청년 이강이었다.

第一章

사흘 후.

"하하하! 연아, 이것도 먹거라. 옳지."

"호호호! 그래, 잘 먹네, 우리 연이."

항시 고적하던 장가장이 사흘 전부터 누군가의 웃음소리로 시끌벅적하기 시작했다.

그 웃음의 주인공은 장가장의 총관인 문세준과 그의 아내 수향으로 지난 오 년 동안 누워만 있던 아들이 사흘 전 정신을 차리고 깨어났기 때문이다.

세준과 수향이 결혼한 지 어언 십오 년.

결혼 오 년 차가 되어서야 겨우 얻은 아들이다.

그렇게 애지중지하던 아들이 오 년 전 갑자기 쓰러져 정신을 잃자 얼마나 애태웠던가?

주변의 용하다는 의원이란 의원은 다 모셔보았지만 아들이 이렇게 쓰러진 이유조차 알지 못했다.

그러길 오 년. 이제는 세준 부부도 희망을 서서히 잃어가는 중이었다.

그런 아들이 깨어났으니 어찌 기쁘지 않겠는가?

그들은 몸에 좋다는 씨암탉을 구해와 아들에게 먹이며 연신 싱글벙글거리고 있었다.

"네, 쩝쩝, 아버지, 어머니."

소년은 그런 세준 부부에게 답하며 씨암탉을 먹고 있었다. 그가 바로 얼마 전 깨어난 이강이었다.

'아니, 이제는 장가장 총관의 아들 문서연인가?'

이강, 아니, 서연은 그렇게 생각하며 사흘 전의 일을 회상했다.

사흘 전, 정신을 차린 서연은 크게 놀랄 수밖에 없었다.

불의의 사고로 목숨을 잃은 그가 이런 작은 소년의 몸에서 정신을 차렸으니 당연한 일이다.

상황을 보아하니 자신은 문서연으로 환생한 것으로 보였다.

한데 이상한 것은 그렇다면 자신에게 소년의 몸으로 살아온 기억이 있어야 할 것이 아닌가?

아무리 생각해도 소년으로 살아온 기억 따위는 떠오르지 않았다.

'그럼 혹시 정신을 잃은 소년의 몸에 내 영혼이 들어온 것일까?'

서연은 기억이 떠오르지 않자 죽었던 자신의 영혼이 이 소년의 몸으로 스며든 것은 아닌지 고민했다.

전생에서 읽었던 소설에 악마가 본 주인의 영혼을 몰아내고 육체를 빼앗는 장면이 있었다.

그것이 떠오르자 자신이 악마가 되어 이 소년의 육체를 뺏은 것일까 고민이 된 것이다.

하나 서연의 그런 고민은 누군가가 방문을 열고 들어오는 바람에 중단될 수밖에 없었다.

방문을 열고 들어온 이는 웬 여인이었다.

그런데 서연이 자신을 쳐다보자 무슨 괴물이라도 본 양 크게 놀라며 괴성을 지르는 것이 아닌가?

뒤에 알게 된 일이지만 그녀는 서연의 전담 시녀인 묘월로, 누워 있어야 할 서연이 깨어나 자신을 빤히 쳐다보자 크게 놀란 것이다.

여하튼 그녀의 괴성이 밖에서도 들릴 만큼 컸었는지 급히 남녀 한 쌍이 방 안으로 뛰어들어왔다.

그들 역시 서연에 대한 반응이 묘월과 크게 다르지 않았다.

깨어난 아들의 모습에 놀라던 그들은 이내 정신이 들자 눈물을 흘리며 서연을 껴안았다.

서연은 그들의 품에 안기게 되자 좀 전까지 하던 고민을 날려 버릴 수 있었다.

수향의 품에 안기자 머릿속이 번쩍하더니 그들에 대한 기억이 떠오른 것이다.

이로 보아 자신은 이 소년의 몸으로 환생한 것이 틀림없었다.

이 세상에서 가장 위대한 것이 자식을 향한 모정이라고 했던가?

그렇게 품에 안긴 서연은 그 짧은 순간에도 자신을 향한 그녀의 깊은 애정을 느낄 수 있었다.

그런 따스한 감정이 느껴진 탓일까?

서연은 혼란스런 맘을 추스르고 그들을 받아들일 수 있었다.

그렇게 정신을 추스른 서연은 지난 사흘 동안 장가장 내를 빨빨거리며 돌아다닌 결과 여러 가지 정보를 얻을 수 있었다.

놀랍게도 이곳은 명나라 초기의 중국이었다.

그리고 또 다른 사실은 자신이 이곳 중원의 말을 쉽게 듣고 말한다는 것이다.

물론 전생에서 중국어를 배운 적이 있었다곤 하지만 이렇게 유창하지는 않았다.

이 사실로 보아 서연은 다시 한 번 자신이 이 소년의 몸으로 환생했음을 깨달을 수가 있었다.

"그나저나 네 상태가 좋아졌으니 의부님을 뵈러 가자꾸나. 네가 깨어났다는 소식에 성도에서 급히 돌아오셨다는구나."

"아, 조부님이 오셨어요? 그런데 제가 머리가 아파서 그런지 조부님에 대한 기억이 가물가물해요. 어떤 분이시죠?"

세준이 말한 의부는 바로 장가장의 주인인 장일을 말함이다.

서연이 사흘간 알아본 바에 의하면 장일과 세준은 오랜 인연으로 과거 주원장이 이끄는 명군의 병사이던 세준이 건국 전쟁 당시 그의 목숨을 구한 데서 시작되었다고 한다.

그런 인연은 장일이 낙향한 후에도 이어져 같이 이곳 장가촌까지 내려왔는데 처음 장일은 그런 세준을 기꺼이 여겨 양자로 삼고자 했다.

하나 문 씨 가문의 대를 끊을 수는 없는 일이기에 세준은 이를 반대했다.

이에 그의 아들인 장섭과 의형제를 맺게 해 그를 의자(義子)로 삼았다고 한다.

그런 장일을 지난 사흘 동안 서연은 만나보지 못했다. 그가 볼일 때문에 성도에 나간 탓이었다.

대충 의조부인 장일에 대한 이런 객관적 사실들은 어찌어찌 알아냈지만 서연은 그가 실제로 어떠한 사람인지는 알지 못했다.

그러하기에 그와 만나기 전에 어느 정도 그에 대해 알고 싶었다.

"하하, 좋은 분이시지. 고아나 다름없는 날 이리 키워주신 분이니. 특히 너는 그분께 감사해야 한단다. 네 어미를 만나게 해주신 분이거든."

세준은 서연의 물음에 그렇게 말하며 웃었다.

그의 말대로 서연은 그에게 감사했다. 장섭이 장가촌에 내려와 제일 처음에 한 일이 혼자인 세준을 자신의 시녀이던 수향과 혼인시킨 일이기 때문이다.

그가 아니었다면 서연은 태어나지 못했을 것이다.

"여하튼 얼른 만나 뵙고 싶어요. 아! 이대론 뵐 수 없으니 얼른 씻고 올게요. 헤헤."

세준의 말에 서연은 장일에 대해 궁금증이 일어 일어나려다 자신의 두 손 가득 씨암탉 특유의 기름기를 보고는 세준에게 씻고 가야겠다며 웃음을 보였다.

장가장의 제일 어른이자 자신의 의조부가 아닌가?

그는 아니겠지만 자신으로선 처음 뵙는 자리이니 이런 모습으로 갈 수는 없었다.

"호호! 그렇게 급할 필요 없단다. 아버님께서도 지금쯤이면 식사 중일 테니까. 그나저나 우리 연이, 어떤 옷을 입혀야 할까?"

그렇게 씻으러 나서는 서연을 수향이 말렸다.

그리고는 서연에게 어떤 옷을 입힐까 고민했다.

가족들에게 오랜만에 깨어난 모습을 보이는 자리인 만큼 아들의 멋진 모습을 보이고 싶은 탓이다.

"헉! 또 골라요? 이 옷만도 근 두 식경을 고른 건데……."

그런 수향의 모습에 서연은 기겁했다.

하나 수향은 서연이 깨어나자 그동안 서연을 위해 모아둔 옷가지들을 한 번씩은 입혀 봐야겠다고 결심한 상태였다.

기실 서연을 위해 그녀가 준비한 옷가지의 수는 상당했다.

이는 그녀 나름대로 서연이 깨어나길 바라는 염원에서 그동안 모아둔 것이었다.

물론 처음 서연은 그녀의 그런 맘을 알고는 즐겁게 옷 입기 놀이를 받아들였다.

하지만 그도 잠시, 옷 한번 고르는 데 두 식경이나 걸리는 일이 반복되자 현재로선 학을 떼는 상황이다.

"허허, 아들, 그건 평상복이고 큰집 가족들을 오랜만에 대면하는 자리인데 잘 보여야지."

"아니, 저야 그분들 오랜만에 보지만 그분들은 그동안 누워 있는 저를 봤을 터인데……."

꼼짝 없이 지옥문으로 들어서야 할 상황에 처하게 되자 서연은 마지막 발악을 해보았다.

"그거야 네가 정신이 없을 때고 이번엔 다르잖니. 아들, 벌써부터 이 어미 말을 안 들을 거니? 흑흑, 이 어미가 어찌 모은 옷가지들인데… 맘도 몰라주고……."

"아니에요, 어머니. 그냥 주시는 대로 입을게요."

"호호! 그래야 우리 착한 아들이지. 자, 얼른 골라보자꾸나."

서연은 수향이 침울해하자 얼른 말을 돌릴 수밖에 없었다.

수향은 그런 서연의 대답이 맘에 든 듯 표정이 금세 풀렸다.

물론 그렇게 웃는 수향의 뒤를 따라 서연의 어깨는 축 내려앉았지만 말이다.

"여보, 내 옷도 좀 챙겨주시구려. 나에게도 관심을……."

둘의 대화에 끼어들지 못하고 있던 세준이 두 사람이 자신에겐 관심도 주지 않고 나가자 급히 불렀으나 수향의 대답은 없었다.

"연이가 깨어난 후로는 도통 관심이 없구려. 당신이 내 옷차림에 관심이 없어 밖에서 다들 홀아비냐고 놀려도 좋소. 그 모든 게 우리 연이 깨어난 기쁨에는 비할 수 없으니 말이요. 하하!"

비록 왕따 아닌 왕따가 된 신세지만 세준은 뭐가 그리 좋은 지 마냥 웃을 뿐이다.

*　　　*　　　*

"호호호! 형님, 글쎄 우리 연이가 의외로 어찌나 옷발이 잘 받는지……."

"호호! 그러게. 자네를 닮아서 그런지 연이가 곱상하니 옷이 잘 어울릴밖에. 자네가 보통 미모던가?"

"호호! 미모 하면 형님이시죠. 제가 형님께 견줄 만한가 요?"

장가장 내원의 장일의 처소엔 평소와는 달리 사람들로 북적였다.

이는 오랜만에 가족이라 불리는 이들이 한자리에 모인 탓이다.

수향은 그중에서도 장섭의 아내인 당예예와는 할 말이 많은지 연신 수다를 떨고 있었다.

그 주제는 당연히 깨어난 아들 서연의 이야기였지만 여인네들의 수다가 그렇듯 어느새 주제를 벗어나 점점 삼천포로 빠지고 있었다.

"허참, 저 사람들 하고는. 어찌 이야기가 그리로 빠지는지. 그나저나 그래도 보기 좋군. 이제야 장가장에 근심이 사라진 듯하이."

두 여인네의 수다가 이상한 곳으로 빠지자 장섭이 세준을 보며 말했다.

"그러게 말입니다, 형님. 그런데 의부님은 어찌해서 연이를 홀로 만난다고 한신 겁니까?"

"자네는 이상하지 않은가?"

"무엇이 말입니까?"

세준은 장섭의 갑작스런 물음에 의문이 생겼다.

"연이가 갑자기 쓰러진 이유 말일세."

"그거야 그 망할 괴질 때문에……."

"글쎄, 그게 과연 괴질 때문일까? 하여튼 아버님께선 연이가 갑자기 쓰러진 연유에 대해 궁금해하셨다네. 그에 대해 조금 알아보고자 하시는 것이니 걱정 말게나. 설마 큰일이야 있겠는가?"

"아! 연이에게 다른 문제점은 없겠죠?"

"뭐, 이렇게 일어났는데 무슨 문제가 있겠는가? 괜한 걱정 말게나."

"네, 형님"

세준은 장섭의 말에 안심하면서도 걱정스런 눈빛으로 내실을 쳐다볼 수밖에 없었다.

*   *   *

"저기… 조부님?"

"허허! 그냥 할아버지라 부르거라. 난 손주에게 거창하게 조부님 소리 듣길 원하지 않는단다."

서연이 잘 쓰지 않던 조부님이란 단어에 어색해하자 장일이 웃으며 말했다.

"네, 할아버지. 한데 무슨 일로 저를……."

"내 너를 이리 부른 게 궁금한 게냐?"

"네. 도대체 무슨 일이기에 이렇게 둘이서만……."

서연은 답하며 좀 전의 상황을 떠올렸다.

수향의 성화에 두 식경 가까이 내키지 않은 옷걸이 역할을 하다 풀려난 후 겨우 찾은 이곳에서 서연은 처음으로 장일과 그의 가족들을 만날 수가 있었다.

이제는 큰아버지가 된 장섭 내외가 깨어난 서연을 보며 크게 반기는 것과 반대로 눈앞의 장일은 약간은 매서운 눈초리로 그를 살피기부터 했다.

전생에 이십오 년이란 삶을 산 서연이 어찌 그런 장일의 눈길을 모를 수 있겠는가?

　그의 눈길에 약간 긴장할 수밖에 없었다. 이렇게 독대까지 청하자 더욱더 당황한 것이다.

　"허허, 뭘 그리 얼어 있는 게냐? 내가 이리 너를 부른 것은 그저 몇 가지 물어볼 말이 있어서란다."

　"물어볼 말이라뇨?"

　긴장한 서연은 장일이 웃음기를 띠며 말하자 약간은 안심이 되는 한편, 그가 물어볼 말이 뭘까 궁금했다.

　"네가 쓰러진 연유에 대해서이다. 혹 쓰러질 당시의 기억이 있느냐?"

　"아, 아니요. 사실 부모님에 관한 것 말고는 다 기억이 흐릿해요."

　서연은 장일의 질문에 할 말이 없었다.

　사흘 전에 수향과 세준의 기억을 떠올린 이후로는 아무리 노력해도 그 외의 다른 기억이 떠오르지 않은 탓이다.

　"그래? 정녕 아무런 기억이 없더냐? 이 할애비의 기억도?"

　"네. 기억을 못해서 죄송해요. 한데 왜 그런 걸 물어보세요?"

　"아! 아니구나. 네가 갑자기 쓰러진 연유에 대해 궁금해서 말이다. 의원들도 연유를 찾질 못했으니……. 그나저나 이제 몸은 괜찮은 게냐?"

서연이 장일의 연속된 질문에 의아해하자 그는 얼버무리며 말했다.

"네, 이제 괜찮습니다."

"다행이구나. 그래도 아직은 쉬어야 할 텐데 괜한 시간을 허비했구나. 나가서 쉬도록 하거라."

"네? 그럼 질문은 다 끝나신 건가요?"

장일의 말에 서연은 의아해하며 물었다.

이런 독대에 크게 긴장한 상태였는데 이렇게 별것 아닌 이야기만 하고 마치니 뭔가 맥이 빠진 것이다.

"그렇단다. 괜히 미안하구나. 쉬어야 할 아이를 이리 붙잡았으니."

"아닙니다. 그럼 이만 나가보겠습니다."

"아, 잠깐만 기다리거라."

서연은 내실을 나가려고 돌아섰는데 갑작스레 부르는 장일의 목소리에 고개를 돌렸다.

"왜 그러십니까?"

"이것을 준다는 걸 깜박했구나."

장일은 그런 서연에게 작은 비단주머니를 건넸다.

"이것이 무엇입니까?"

"별것 아니란다. 내 이번에 성도에 가니 용한 도사가 있다기에 너를 위해 부적을 받아왔단다."

"에이, 제가 이렇게 깨어났으면 쓸모없는 것이 아닙니까?"

서연은 부적이라는 소리에 꺼림칙해서 사양하려 했다.

"아니다. 건강에 관한 것 말고도 횡액을 막아준다고 하니 소중히 간직하도록 하거라. 그저 이 할애비의 정성이라고 생각해 다오."

"네, 감사합니다. 그럼 이만 나가보도록 하겠습니다."

"그래, 얼른 가서 쉬거라. 네 부모가 걱정하겠구나."

서연은 그런 장일에 말에 따라 얼른 자리를 피했다.

왠지 모르게 이 자리가 어색한 느낌이어서 불편했던 탓이다.

그러나 장일이 지긋한 눈길로 자신의 뒷모습을 유심히 살피고 있다는 것은 알지 못했다.

서연이 나간 후 내실 문이 열리며 장섭이 들어섰다.

그는 무언가 기대하는 표정으로 좀 전까지 서연이 앉아 있던 의자에 앉으며 물었다.

"아버님, 알아보셨습니까?"

"글쎄다. 아직은 뭐라 할 만한 것이 없구나."

장섭에 물음에 장일은 탁자 위의 차를 한 모금 마시고는 말했다.

"이렇게 깨어난 것을 보면 분명히……."

"그만. 아직은 확실한 게 아니다. 연이는 앞으로 내가 글을 가르치며 찬찬히 살펴보면 될 일이다. 어차피 시간이 걸리는 일인 게야. 너도 그저 평소처럼 행동하거라. 알겠느냐?"

"네, 알겠습니다, 아버님."

장일의 말에 장섭은 수긍하면서도 내심 뭔가가 기대하는 눈초리다.

그런 장섭의 표정에 장일 또한 이해가 간다는 듯이 바라볼 뿐이다.

서연에 관해 이야기를 나누는 장섭과 장일의 대화로 미루어보아 서연이 알지 못하는 사연이 있는 듯했다.

*　　　*　　　*

그날 밤.

처소에 든 서연은 밤늦도록 잠을 청하지 못했다.

장일을 만나고 난 후 마음이 영 편치 못한 탓이다.

"에효, 할아버지는 어째서 그런 질문을 하신 거지? 이 부적은 뭐야?"

까짓것, 그냥 전생의 기억이 있다고 말하면 그뿐이지만 왠지 모르게 그래서는 안 된다는 생각이 들어 사실대로 말할 수 없었다.

"그래, 앞으로도 조심하자. 괜한 분란을 만들 필요는 없잖아. 사실대로 말한다 해도 누가 믿겠어. 환생자라니……. 그나저나 앞으로 뭘 해야 할까? 일단은 글을 익혀야겠지. 하나 그 꿈도 포기할 수 없는 일인데……."

전생에서 서연의 꿈은 한의사가 되는 것이었다.

전생의 집에서 우연히 찾아낸 집념이란 제목의 비디오테이프.

그 안에 담긴 허준과 유의태, 두 사제지간의 의술에 대한 열정은 그를 감동시켰다.

물론 커서는 허준과 유의태의 관계가 허구임을 알고는 실망한 점도 있지만 그 꿈이 변하지는 않았다.

그리고 그 꿈을 위해 차근차근 준비를 해왔다.

대한민국에서 제일 유명하다는 K대 한의예과에 입학한 것은 그 과정에 지나지 않았다.

남들이 캠퍼스의 낭만을 찾고 음주가무를 즐길 때도 그는 학술 동아리에 들어 온갖 의학 고서를 팠고, 또 들녘이라는 작은 소모임을 통해 약초를 찾아 산과 들을 헤맨 것도 수십 번이다.

앞서 말한 대로 어설프게나마 중국어와 한자를 익힌 것도 다 그런 준비의 일환이었다.

"그래, 의원이 되자. 나에겐 이 시대의 의원들이 알지 못하는 지식도 있잖아. 이왕이면 허준 선생님처럼 역사에 남을 명의가 되어야지."

어이없는 사고로 전생에선 목숨을 잃어 그 꿈을 이루지 못했다.

하나 이렇게 다시 태어나게 됐으니 어쩌면 하늘이 자신의 꿈을 알고 다시 기회를 준 것인지도 몰랐다.

늦은 밤, 그렇게 서연은 다짐했다.

그리고 그렇게 서연의 새로운 세상에서의 시간은 흘러갔다.

第二章

고즈넉한 장원.

그 장원의 깊은 곳에서 한 소년이 낡은 목간을 잡고 있었다.

소년은 그 내용에 깊이 빠진 듯 정신없이 목간을 읽고 있었다.

[···오래전 아버님에게 우리 일족은 왜 세상에 나가지도 않고 이렇게 산속에 박혀서 살아야만 하는지를 물었다.

이에 아버님께서 나의 머리를 쓰다듬어 주시며 대답하시길,

"우리 일가는 이렇게 속세를 버리고 살아가야 하는 원죄를 지었기 때문이란다."

하셨다. 이에 내가,

"무슨 큰 죄를 지었기에 이렇게 대대손손 세상과 거리를 두고 살아가야 하나요?"

라고 묻자 아버님께선 안타까운 눈빛으로 날 보시더니 옛이야기를 들려주셨다.

…대저, 오래전 천상에 반란이 일어나 천계의 상이신 환인께서 이를 진압하시니 이가 구두룡 무홀의 난이다.

반란은 겨우 진압했으나 환인의 일갈에 찔린 무홀의 아홉 개의 머리가 지상으로 떨어져 그 악독한 기운을 주변에 뿜어대니 지상 곳곳에 혼돈의 기운이 만연하고 요괴와 괴물이 득실거리게 되었단다.

천계 반란의 여파로 지상의 생명들이 영향을 받고 아파하자 환인께서는 안타까워하시면서 혼돈을 막고자 하였으나 그 역시 무홀과의 싸움으로 많은 힘을 소진한 터라 당장 움직이기가 어려웠음이 문제였다.

별수 없이 지상의 문제를 해결할 다른 누군가가 필요했고, 그 적격자는 환인님의 아들인 환웅님이셨다.

이런 환인님의 부탁을 받으신 환웅께서,

"소자 명하신 일을 목숨 걸고 마치고자 하오나 아직 배움이 미진

하여 상의 뜻을 널리 펴지 못할까 걱정이 되옵니다."

하며 걱정하시자, 환인님이 보기에도 아직 환웅님의 보령이 미미하여 일을 그르칠까 염려되셨다.

이에 옆에 있던 칼과 방울 거울에 천계의 힘을 담고 각각의 신기를 사용할 세 명의 수호령을 만드셨다.

그리고 그들에게 환웅님을 보필하게 하니, 그것이 바로 천부인 삼신기와 풍백, 운사, 우사라 불리시던 삼사였단다.

환웅님과 삼사께서 태백산 신단수에 내리시고 삼신기의 힘으로 세상의 혼돈을 바로잡고 천하의 안정을 꾀하신 지 수십 년.

마침내 천지의 방방곡곡으로 홍익인간이라는 상의 뜻이 널리 퍼져나가기 시작하니 세상은 점차 평화로워져 갔다.

이에 모든 지상의 생명이 상께 감사의 인사를 올리자 천상에 계시던 상께서 그런 그들의 인사에 크게 기뻐워하셨다.

그리고 지상에서 고생한 자신의 아들 환웅님을 다시 천계로 부를 결심을 하게 되셨다.

하나 상의 부름에도 불구하고 지상에 이런저런 일을 벌여 놓은 환웅님은 쉽게 천상으로 되돌아갈 수 없었다.

그리고 그렇게 시간이 흐를수록 아들을 보고파 하시는 상의 재촉은 점차 늘어나기만 했다.

신시(神市)를 세우고 웅 씨 왕녀를 택해 왕검을 낳아 후계를 든든히 하신 후에야 겨우 하늘로 올라갈 결심을 하신 환웅께서 왕검에게

이르시길,

"비록 상께서 나를 급하게 찾으시니 올라가긴 한다만 아직도 혼란
의 증후가 천하 곳곳에 남아 있느니라. 더군다나 지난 수십 년의 세
월 동안 천계에서 떨어진 무휼의 머리 여덟 개는 찾아 봉인했지만 마
지막 남은 한 개의 머리를 없애지 못했다. 이로 인해 반드시 환란이
있을 터니 너는 꼭 명심하고 대비하는 데 소홀함이 없어야 할 것이
다."

라고 하셨다.

이에 왕검께서 말씀하시길,

"비록 이제 머리 하나 남은 무휼이나 하나 본시 천계의 인물, 하계
의 인간으로는 그를 제압하기 힘듭니다."

하셨다.

이에 그 말이 옳다 여겨 고개를 끄덕이신 환웅께서,

"그래서 너에게 힘이 되어줄 삼신기를 두고 갈 테니 너는 부디 이
를 잘 이용해서 앞으로의 일을 잘 헤쳐 나가도록 하거라. 하나 삼신
기의 힘은 천상의 상의 힘! 인간으로서는 함부로 쓸 수 없다. 고로 그
힘을 다룰 수 있는 구결을 알려줄 터이니 잘 외워두거라."

하시며 구결을 알려주셨는데, 팔십일 자로 이루어진 그 구결을 후
세에 천부경이라 칭했다.

이렇게 천부경까지 알려주시고 나서야 환웅께서는 부인 웅씨와 전
날 같이 지상으로 내려온 삼사와 함께 천상으로 올라가셨다.

그 후 왕검 역시 환웅께서 하신 것과 같이 삼신기를 삼사의 후예들인 새로운 풍백, 운사, 우사에게 맡기시며 각각의 신기를 사용할 수 있는 구결을 알려주셨는데……]

"음, 틀림없는 천선지사(天仙之事)야! 대체 이 물건이 어떻게 이곳에 있는 거지?"

그렇게 목간을 한참 동안 읽던 소년은 믿을 수 없다는 듯 소리를 질렀다.

"이게 한반도가 아니라 이곳 중국에 있었던가? 하! 이러니 그분이 그토록 찾아 헤매도 찾질 못하셨지."

그렇게 말을 하던 소년은 어느새 한 명의 인물이 떠올렸다.

'아버지!'

"아버지가 그토록 찾아 헤매던 물건이 이렇게 절로 내 손에 들어오다니. 아버지, 이걸 대체 어찌 받아들여야 한다는 말입니까?"

이강, 아니, 이곳에선 문서연이라고 불리는 소년은 그렇게 착잡한 눈으로 한참 동안 목간을 쳐다보았다.

처음 서연이 의원이 되겠다는 꿈을 다지며 밤을 지새우던 때로부터 어느새 오 년이라는 세월이 흘렀다.

그리고 그 오 년이라는 기간 동안 서연은 이곳에 적응하기 위해 많은 노력을 기울였다.

사람들과의 관계에도 노력을 기울였고 이 땅에서 살아가기 위해 필요한 여러 가지를 배우는 데도 게을리하지 않았다.

더군다나 장가장이란 곳이 대학사의 집안이었다.

당연히 학문에 관한 것도 필수로 배워야 했는데, 서연은 이런 학문을 배우면 배울수록 자신이 한 가지 엄청난 능력을 가지게 되었음을 알게 되었다.

그것은 바로 암기 실력이었다.

서연은 한 번 보고 배운 것은 절대로 잊지 않았다. 그렇다고 그가 아이큐 250의 초천재가 된 것은 아니었다.

기억의 방!

서연이 이런 암기 실력을 가지게 된 것은 바로 서연 스스로가 기억의 방이라고 명명한 머릿속의 공간을 인지함으로써 생기게 된 부수적인 능력이었다.

서연이 처음 이 기억의 방이라고 부르는 공간을 인지한 것은 깨어나고 다음 날 문득 전생의 기억을 떠올릴 때였다.

전생의 기억을 떠올리다 몇몇 장면에서 기억이 가물가물하자 자신도 모르게 집중하게 되었는데 그때 머릿속의 한 공간이 인지된 것이다.

그리고 그 기억의 방에는 놀랍게도 전생에서 이강이 가지고 있던 기억이 차곡차곡 쌓여 있었다.

그리고 현재 서연의 몸으로 겪은 경험도 그곳에 쌓이는 것이다.

더 놀라운 일은 그다음에 일어났다.

그런 기억이 떠오르자 무의식적으로 서연은 이런 과거의 지식들을 머릿속에 담아두면 편하겠다고 생각했다.

그러자 놀랍게도 그런 기억들이 뇌 속으로 파고드는 것이 아닌가?

그렇게 파고든 지식들은 마치 돌에 새긴 조각처럼 박혀서 다시 기억의 방에서 훑어보지 않아도 모두 선명하게 기억이 났다.

서연은 이런 현상을 각인이라고 명명했다.

이런 각인에는 암기 실력이라는 장점 외에 몇 가지 부작용이 있었지만 서연은 이를 잘 이용해서 지난 오 년간 남들이 보기에 대단하다 할 정도의 학문적 성과를 얻었다.

그때였다.

심각한 표정으로 목간을 바라보던 서연의 입가에 미소가 걸리기 시작했다.

"와!"

"까약!"

뭔가를 느낀 듯 미소를 짓던 서연은 갑자기 뒤를 돌아보며 소리를 질렀다.

그러자 그 소리에 놀랐는지 웬 소녀가 더 크게 비명을 질렀다.

"하하! 이 녀석! 내가 몰래 들어오지 말라고 했지?"

"깜짝이야! 갑자기 소리를 왜 질러? 애 떨어질 뻔했잖아!"

"이런, 우리 미현이 다 컸네. 그사이에 애도 생기고. 근데 애 아빠는 어느 놈팡이냐?"

"애 아, 아빠라니? 그게 대체 뭔 소리야? 시집도 안 간 처녀 한테 못하는 말이 없어."

서연의 농담에 소녀는 얼굴이 시뻘게졌다.

소녀의 이름은 장미현으로 현 장가장의 장주인 장섭의 셋째 딸이다.

서연과는 한 살 터울의 동생인데 비슷한 또래로 어려서부터 지내서 그런지 둘 사이는 유독 돈독(?)했다.

"장가촌 전체가 인정하는 천방지축 백지소녀 장미현 소저 에게 처녀란 단어가 어울리기나 하냐?"

"우씨! 그 소리 하지 말랬지? 나 백지소녀 아니거든?"

"그 소리는 학당 시험지에 뭐라도 적고 하시죠, 항상 백지 만 내는 백지소녀님?"

"윽! 두고 봐. 내가 다음번엔 반드시 백 점 맞고 만다."

"그런 천지가 개벽할 소리는 그만두시죠. 그나저나 백지소 녀 미현 소저, 오늘은 무슨 일로 소생의 방에 몰래 살살 기어 들어 오셨나요?"

한참 동안 미현을 놀리던 서연은 이내 그녀가 무슨 일로 자신을 찾아왔는지 궁금해졌다.

"누, 누가 몰래 살살 기어왔다는 거야? 그런 적 없거든. 증거라도 있어?"

"그런 소리는 왼쪽 무릎에 붙어 있는 먼지나 털고 하시죠, 살살 기어오신 미현 소저."

"이런 곳에 먼지가 있다니. 칫! 눈도 밝아."

"계집애가 칫이 뭐냐? 그나저나 무슨 일로 온 거야? 용건 있는 거 아니었어?"

"아, 맞다. 할아버지가 부르셔."

"할아버지께서? 현령님은 벌써 가셨어?"

서연은 미현의 말에 살짝 놀랐다.

오늘은 장가촌이 속한 현청의 현령이 방문하기로 한 날이기 때문이다.

낙향하긴 했지만 장일은 명의 개국 공신이자 학문으로 천하에 명성이 자자한 이다.

그래서 현령이 이렇듯 찾아오는 건 놀랄 일이 아니었다.

다만 이런 경우 현령은 친분을 쌓고자 오랫동안 머물며 장일을 괴롭히기 일쑤였다.

이렇듯 급히 자리를 뜬다는 건 흔한 일이 아니기 때문이다.

"응. 오늘은 희한하게 빨리 가셨어."

"그랬구나. 그럼 난 얼른 할아버지께 가볼게."

"그래. 음."

"응? 왜 갑자기 왜 그러냐? 어디 아파?"

장일이 부른단 소리에 자리에서 일어서던 서연은 미현이 갑자기 뭔가를 곰곰이 생각하는 듯하자 궁금해서 물었다.

"아니. 단지 궁금해서."

"뭐가 궁금해?"

"내가 뒤에서 온다는 거 어떻게 안 거야? 분명 애지중지하는 저 목간에만 정신 팔려 있었는데."

"그게 궁금하냐?"

아무래도 미현은 목간에 정신이 팔려 있던 서연이 자신이 오는 걸 쉽게 발견한 것이 의아한 모양이다.

"한두 번도 아니고 무공도 안 배운 오빠가 내가 오는 걸 매번 쉽게 알아채잖아. 오늘은 특히 엄마에게 배운 잠행술까지 썼는데. 아까 내가 얼마나 놀란 줄 알아? 오빠, 어디서 우리 몰래 무공이라도 배웠어?"

"홋! 무공은 무슨. 할아버지랑 어머니, 아버지가 두 눈 시뻘겋게 뜨고 감시 중인데 어찌 그런 걸 배우겠냐. 다만 내가 너랑 한두 해 아는 사이냐? 척하면 착이지. 너의 행동반경이야 이 오빠가 다 꿰고 있잖아. 부처님 손바닥 안의 손오공이지."

"쳇! 말이라도 못하면. 하기야 툭하면 피나 토하는 약골인 오빠가 고수일 리는 없지."

"너, 내가 약골이란 말 하지 말랬지? 내 몸의 어디가 약골 이야?"

"오라버니 입에서 백지소녀란 말이 사라지지 않는 한 오라 버니는 이 소녀에게 언제나 약골입니다. 아시겠죠, 우리 약골 오라버니. 헤헷!"

"야! 너 거기 안 서? 이런 몸짱을 어디 가서 본다고 약골이 래? 훗! 벌써 갔나? 저게 경공이란 건가? 엄청 빠르네."

미현은 서연을 약골이라 놀리곤 금세 사라져 버렸다. 그 속 도는 자그마한 소녀가 낸다고 하기엔 의문스러울 정도로 빨 랐는데, 이는 미현이 무공을 배우고 있기 때문이었다.

서연과는 다르게 미현은 무공을 배우고 있었다. 그것은 그 녀의 어머니 때문이다.

미현의 어머니이자 장가장의 안주인인 그녀의 이름은 당 예예이다.

사천의 유명한 당 씨 집안 하면 다들 '아!' 할 것이다.

예상대로 그녀는 그 유명한 사천당가의 일원이었다.

그것도 당가의 전대 가주인 암왕 당일원의 딸이자 현 가주 의 여동생이었다.

결혼하면 출가외인인 딸이기에 당가의 비전을 배우지는

못했지만 그래도 전대 당가주의 딸이다.

당연히 호신할 정도의 무공은 지니고 있었고, 그런 무공은 딸인 미현에게까지 이어지고 있었다.

이름 높은 무가의 딸인 당예예가 이런 대학사 집안의 며느리로 들어온 것은 것에는 그럴 만한 이유가 있었다.

바로 장일과 암왕 당일원이 어릴 적부터 절친한 친우 사이였기 때문이다.

조정에서 은퇴한 장일이 이곳 사천에 칩거한 이유도 그 영향이 컸다.

하여튼 그런 당가의 영향력 때문일까?

장가촌은 다른 마을과 달리 그 흔한 모리배도 없어 사람들이 살기 좋았다.

그 때문인지 마을 사람들은 장가장의 주인과 안주인에 대해 존경심을 가지고 있었다.

"그나저나 부럽네. 어머니께 무공을 배운다……. 누구는 어머니가 무공이라고 하면 학을 떼어서 독학 중인데 말이지."

금세 사라져서 보이지도 않는 미현에게 부러운 시선을 보내던 서연은 이내 맘을 잡고 걷기 시작했다.

부러운 건 부러운 것이고 지금은 자신을 호출한 할아버지를 만나 뵈어야 할 때였다.

다만 그런 서연의 손에 아주 옅게 새하얀 기운이 서려 있는 걸 본 사람은 아무도 없었다.

＊　　　＊　　　＊

　노안당(老安堂).

　장가장의 제일 안쪽에 위치한 별채의 이름으로 장을 세운 장본인이며 천하 사대석학이라 불리는 청수대학사(淸水大學士) 장일의 거처이다.

　이런 노안당은 청수대학사 장일의 검소한 성품답게 간단한 세간살이와 산수화 몇 점, 그가 아끼는 자기(瓷器) 몇 점으로 꾸며져 있었는데, 그 배치가 절묘하여 절로 학사의 향기가 풍겼다.

　그런 노안당에 두 노소가 마주 앉아 있다.

　바로 이 노안당의 주인인 장일과 그의 양손자 서연이다.

　장일은 탁자에 자기 한 점을 올려놓고 수건으로 자기를 닦고 있었다.

　그런데 그는 무언가 맘에 들지 않는 듯 이마에 주름이 가득했다.

　"아직도 성과가 없더냐?"

　"네."

"그렇다면 이제 그만하고 그걸 가져오너라."

"아닙니다. 좀 더 해보고 싶습니다."

"벌써 삼 년째다. 알고 있느냐?"

"네."

"금석학에 관해서는 나보다 뛰어난 너다. 그런 네가 삼 년째 매달리고도 성과가 없다. 그런데도 더 하고픈 게냐?"

"네. 조금만 더 하면 뭔가를 찾을 것도 같습니다. 그러니 조금만 더 기회를 주십시오."

"그깟 목간이 뭐라고 그렇게 매달리는 게냐? 그리 열심히 하던 학문도 게을리하면서 말이다."

"그러니 더 오기가 생기지 않습니까?"

"그걸 연구하다가 쓰러진 횟수만 일곱 번이다. 그것도 알고 있느냐?"

"그래서 아침마다 운동도 하고 있습니다. 그러니 조금만 더 살펴보게 해주십시오."

"하야! 내 학문적 욕심에 너에게 그 목간을 보여준 게 실수였구나."

장일은 자신의 반대에도 뜻을 굽히지 않는 서연이 안타까웠다.

무려 삼 년이다.

더군다나 태생적으로 몸이 약한 아이라 밤낮을 잊고 연구하다 쓰러진 횟수만 일곱 번이다.

물론 서연에게 학문을 가르쳐 온 스승의 입장에서만 본다면 이런 서연의 학문적 욕심이 기꺼웠다.

하지만 사적으로는 손자 녀석이다. 비록 피는 이어지지 않았다고 하지만 어린 손자 녀석이 걸핏하면 쓰러지는데 어느 할아비가 좋아하겠는가?

장일으로서는 답답할 뿐이었다.

"예전과는 달리 여유를 가지고 하겠습니다. 다시 쓰러질 일은 없을 테니 걱정 마세요, 할아버님."

"그래, 네가 그렇게 말하니 더는 말릴 수가 없구나. 다만 몸은 챙겨가면서 하거라. 알겠느냐?"

"네. 그나저나 무슨 일로 부르셨나요? 항상 하던 이런 애기를 하시려고 부르진 않으셨을 텐데."

장일이 목간에 대해 넘어가자 서연은 그가 자신을 부른 용무가 궁금했다.

"오늘 내 너를 부른 이유는 이것 때문이다."

그 말과 함께 장일은 서연에게 무언가를 건넸다. 그것은 한 장의 공고문이었다.

"이것은 회시(會試) 공고문이 아닙니까?"

"그래, 넉 달 후 남경에서 시험을 치른다는구나. 이번에는 참석해야지? 네 녀석이 거인(擧人)이 된 지가 벌써 삼 년이다."

"음, 벌써 삼 년이나 됐나요? 근데 이걸 왜 장가장에⋯⋯."

"현령이 최연소로 거인 자격을 딴 네 녀석에게 관심을 갖고 있는가 보구나. 이렇게 공고문까지 직접 들고 온 것을 보면 말이다."

최연소 거인!

사천소거인(四川小擧人)이라고 불리는 게 서연이다.

이 시대의 과거의 종류는 크게 네 가지로 구분되는데, 첫 번째가 원시(院試)로 이것은 각 현에서 일 년에 한 번씩 치르는 시험을 이른다.

그 두 번째는 향시인데, 이것은 중원 각지의 성에서 삼 년마다 한 번씩 치러지는 시험이다.

이 향시를 통과한 사람을 거인이라 불렀는데, 그중에 일위로 통과한 이를 해원이라 불렀다.

이런 거인들은 다음 시험인 회시(會試)를 칠 수 있는 자격이 주어졌다.

사천성에서 과거시험이 치러진 이래로 역대 최연소로 거인이, 그것도 해원까지 차지한 이가 있었으니 그것이 바로 서연이었다.

삼 년 전, 불과 십이 세의 나이로 향시를, 그것도 일등으로 통과한 것이다.

하나 그럴 수밖에 없는 것이, 원시나 향시 같은 경우 자신의 주관이나 사상을 묻기보단 단순히 사서오경의 내용을 묻는 시험이었다.

서연의 엄청난 암기 실력을 생각한다면 합격은 당연한 일이었다.

처음엔 이 시대의 문자나 제대로 익힐까 싶어 시작한 공부였다.

하지만 암기 실력 덕분인지 점점 재미가 붙었다.

특히나 전생이 대한민국 사람이다.

한국인이면 시험은 무조건 잘 치고 봐야 한다는 고정관념이 있지 않은가?

당연히 뒷감당은 생각 못하고 완벽하게 풀고 만 것이다.

그 결과 불과 십이 세의 나이에 향시를, 그것도 해원으로 통과해 버렸다. 이는 사천성에서 펼쳐진 향시에서 최연소 기록이었다.

그렇게 서연은 하루아침에 사천성의 깜짝 스타가 되고 말았다.

처음엔 그런 주변의 반응에 으쓱해하기도 했지만 서연은 이내 향시를 통과한 것을 후회했다.

서연이 그렇게 세상에 알려지자 이곳저곳에서 무수히 날아오는 초대장 때문이었다.

처음엔 그런 초대에 웃으며 임했다.

하지만 그것도 잠시, 한 번 초대에 응하자 이번엔 이곳저곳에서 초대장을 보내오는 것이 아닌가?

사천성에 명사가 어찌나 많은지 그 초대를 다 응하려면 서연은 하루를 몇 십 개로 쪼개야 할 판이었다.

다행히 그런 서연을 보다 못한 장일이 나서서 지금은 모두 없어졌지만 당시만 생각하면 아찔한 서연이다.

지난 삼 년간 장가장에 틀어박혀 은인자중한 이유도 바로 이 탓이다.

그리고 그런 은인자중함이 먹혔는지 요즘은 사천성 내에서 서연의 대한 말이 뜸한 상태였다.

"회시에 참여하지 않을 생각입니다."

서연으로선 조정에 출사할 생각도 없고 더군다나 자신의 앞길은 의술의 정진과 무공을 배우는 것이었기에 단호하게 말했다.

"어째서냐? 너 정도의 학문이면 회원이나 전시에서 장원도 문제가 아니거늘."

"앞으로 편하게 살고 싶기 때문입니다."

"그게 무슨 소리냐?"

"할아버님께선 당금 조정을 만드는 데 일조하셨습니다. 하나 개국 공신이란 감투를 쓰시고 영화를 누릴 것이라는 주변의 생각과는 반대로 조정을 떠나 이곳 장가장을 만드시고 안빈낙도하셨습니다. 그 이유가 무엇입니까?"

"그야 북적대는 삶이 싫어서이지. 그곳 생활이 쉽지가 않거든. 위험하기도 하고 말이다."

"그런데도 절 관직으로 보내셔야겠습니까?"

"지금은 태자 마마도 계시고 태손 마마도 계시지 않느냐? 그때와는 달리 황권은 안정되고 태평성대인데 무엇이 두렵단 말이냐?"

확실히 지난 이십여 년간 명이 세워지고 혼란기가 있었지만 초창기의 공신들 혈사 이후로 황권은 안정되고 태평성대가 이어지고 있었다.

그러나 역사를 알고 있는 서연으로선 지금이 태풍의 눈 속이라는 것을 잘 알고 있었다.

"겉으로야 태평성대지만 그 속은 그렇지가 않죠."

"네 말은 앞으로 큰 변란이 생길 거라는 말이냐?"

서연의 말을 듣던 장일이 뭔가 기대하는 눈초리로 물었다.

"그렇습니다. 앞으로 십 년 안에 이 땅에 큰 변란이 있을 겁니다."

"도대체 이해가 가지 않는구나. 조정의 상황에는 관심 없던 네 녀석이 어찌 변란이 일어난다고 확신하느냐?"

'당연히 미래를 알기 때문이지요.'

그렇다고 미래에서 역사서로 봤다고 할 수는 없지 않은가? 서연으로선 장일을 설득할 필요성을 느꼈다.

"제가 변란이 일어날 것이라고 하는 이유는 후계가 불안하기 때문입니다."

"후계가 불안하다니, 그게 무슨 말이냐?"

"불경한 말이지만 태자 마마께서는 어려서부터 병약하셔서 정사를 돌보기 어려운 몸이십니다. 그럼 다음 보위에 오를 분은 누가 될까요?"

천생이 유학자인 장일은 서연이 태자에게 불충스런 말을 하자 인상을 찌푸렸다.

하지만 어려서부터 보아온 태자를 떠올리자 이내 수긍할 수밖에 없었다.

"끙. 태자 전하의 건강이라……. 하긴 그런 몸으로 정사를 돌보시기는 힘들겠지. 그렇다면 다음 보위는 태손 전하께 가겠구나."

잠시 태자의 병약함에 안타까워하던 장일은 다음 보위에 오를 걸로 보이는 황태손 주윤문을 떠올리며 말했다.

"태조께서 돌아가시고 태손께서 보위에 오르신다고 생각해 보십시오. 다음은 어찌 풀리겠습니까?"

"그거야 태손께서 보위에 오르시면 워낙 총명하신 분이니 정사를 잘 풀어나가지 않으시겠느냐?"

'에고, 다른 쪽으로는 머리가 잘도 돌아가시는 분이 황실의 이야기엔 충성심에 머리가 굳으신다니까. 이게 유학자들의 한계인가?'

서연은 자신이 예상한 답을 하지 못하는 장일이 조금은 답답하게 느껴졌다.

"태손께서 보위에 오르시게 된다면 나이가 어떻게 되겠습니까? 그리고 조정에 남아 있는 인물 중에 태손 전하를 보필할 자들을 생각해 보세요. 미래가 그려지지 않습니까?"

"당금 황제께서 나이가 있으시니……. 지금 태손 전하의 나이가……. 아, 그렇구나. 더군다나 당금 조정엔 사람이 없구나!"

서연의 자세한 설명에 그제야 장일이 깨달은 바가 있는지 탄식했다.

태조 홍무제의 토사구팽의 여파로 조정엔 태손을 보필할 만한 노련한 신하가 없었다.

그나마 황실에는 절대 충성하는 방효유나 황자징 같은 자들이 있지만 그런 절대 충성의 성정 때문에 큰 사달이 일어날 것이 뻔히 보인 것이다.

"이제 아시겠습니까? 앞으로 태손전 하가 보위에 오르신다면 조정과 지방 번왕 전하 사이에 큰 변란이 있을 겁니다."

서연은 장일이 뭔가 깨달은 듯하자 전생에서 기억한 대로 지방 번왕과 조정 사이의 분쟁을 이야기했다.

장일은 그런 서연의 말에 큰 충격을 받았는지 앞으로의 미래에 대해 곰곰이 생각했다

그러길 잠시, 사색에 잠겨 있던 장일이 누군가가 떠오른 듯 기뻐하며 서연에게 말했다.

"하하하, 황자징과 방효유만 생각했지 그분을 생각 못했구나. 그분이 있다면 연이 네 생각은 틀렸다."

"할아버지가 말씀하시는 그분이란 남옥 대장군을 말씀하시는 것이겠지요?"

장일이 기뻐하며 말하자 서연은 이미 예상했다는 듯 바로 대답을 이었다.

"그래. 잠시 인물이 없음에 걱정했으나 그분이라면 충분히 태손 전하를 모실 수 있을 게다. 더구나 폐하와는 의형제 사이가 아니시냐?"

"죄송하지만 남옥 대장군께서는 조만간 목숨을 잃으실 겁니다."

"그게 무슨 말이냐? 그분이 목숨을 잃다니? 당금 천하에 누가 그분의 목숨을 노린단 말이냐?"

"폐하십니다. 아마 대장군은 폐하께 목숨을 잃으실 겁니다."

"도대체 왜 폐하께서 그분을……. 설마 벌써 훗날을……."

"네, 그래서 무서운 분입니다, 폐하는."

서연은 홍무제가 황권 강화를 위해 이렇게 피를 흘리지만 이것이 결국 그의 손자를 나락으로 빠지게 함이란 걸 그가 모르리라 여겼다.

"그렇다면 더더욱 너 같은 인재가 조정에 출사해서 이런 위기를 막아야 하지 않겠느냐?"

지난 오 년 동안 장일이 지켜본 서연은 진정한 천재였다.

자신이 평생 배워온 학문을 고작 오 년 만에 깨우쳤다.

특히나 자신의 전문 분야인 고문이나 고어 쪽은 청출어람이 무엇인지 보여줄 정도였다.

더군다나 이렇게 미래를 통찰하는 지혜까지 있으니 금상첨화가 아니겠는가?

"그러는 할아버지께서는 왜 조정으로 들어가지 않으십니까?"

"그야… 그거야……."

서연의 마음은 그의 바람과는 거리가 멀어 보였다. 아울러 자신은 왜 안 하느냐는 말에는 할 말이 없었다.

자신도 그곳의 혼탁함이 싫어서 나온 주제에 서연을 밀어넣기엔 뭔가 양심에 찔렸다.

"하여튼 이런 상황이니 관직에 출사하란 소리는 하지 마세요. 아셨죠?"

"끙. 그래, 그러마."

장일은 수긍하면서 오 년 전부터 키워온 서연의 조정 출사에 대한 생각을 접었다.

하나 그런 생각을 접자 이내 앞으로 이 녀석이 뭘 하려는 것일까 궁금해졌다.

뛰어난 녀석인 만큼 그 미래에 대한 준비도 잘되어 있으리라 믿기 때문이다.

"그렇다면 네 녀석은 앞으로 뭘 할 생각이냐? 설마 아직도 무공 나부랭이에 미련을 못 버린 게냐? 요즘도 아침에 뛰어다닌다고 소문이 파다하던데."

이런 장일의 물음에 대한 서연의 대답은 평소 그가 전혀 생각지도 못한 것이었다.

"의원이 될까 합니다."

"지금 무슨 말을 한 게냐? 의원이 되겠다고?"

장일은 서연이 의원이 되겠다고 하자 놀라 물었다.

한 번도 서연이 의원이 될 것이라고는 생각해 본 적이 없는 까닭이다.

"네, 의원이 되고 싶습니다."

"의원이라……. 네 부모의 반대가 심할 터인데……."

장일은 서연의 꿈이 의원이라고 하자 세준과 수향이 떠올랐다.

그들이 서연이 관직에 들어 입신양명하는 모습을 바라왔음을 잘 알고 있기 때문이다.

"네, 그래서 부탁이 있어요. 할아버지께서 아버지, 어머니를 설득할 수 있게 좀 도와주세요."

"설득이라……. 하나 내가 너의 뭘 믿고 네 어미아비를 설득한다는 말이냐? 네가 의원으로서의 재능이 있다면 모르겠지만."

"그동안 제가 읽은 책 중에 의서도 많은 것을 아시잖아요. 의술에 대한 지식은 누구에게도 지지 않아요."

서연의 말처럼 장일은 서연이 그동안 읽은 경서 못지않게 여러 가지 잡학 서적도 많이 읽은 것을 알고 있다. 그리고 그 중엔 의서도 상당함을 알고 있다.

"의술 지식이라……. 단순히 지식을 아는 것과 의원으로서의 재능이 있는 것은 별개의 문제지. 좋다. 내 너에게 한 가지 내기를 거마. 그 내기에서 네가 승리한다면 네 부모의 설득에 도움을 주마."

장일은 한참을 고민하다가 서연에게 말했다.

진지하게 말하는 서연의 태도에서 의손자 녀석이 진정 의원이 되고자 함을 느낄 수 있었다.

그렇다고 해도 서연의 부모인 세준, 수향을 설득하려면 그만한 명분이 필요했기에 내기라는 걸 걸었다.

"무슨 내기인데요?"

갑작스런 내기란 말에 서연이 궁금해 묻자 장일이 살포시 웃으며 말했다.

"후후, 그 내기란 말이다……."

장일은 그렇게 서연에게 내기에 대한 설명을 시작했다.

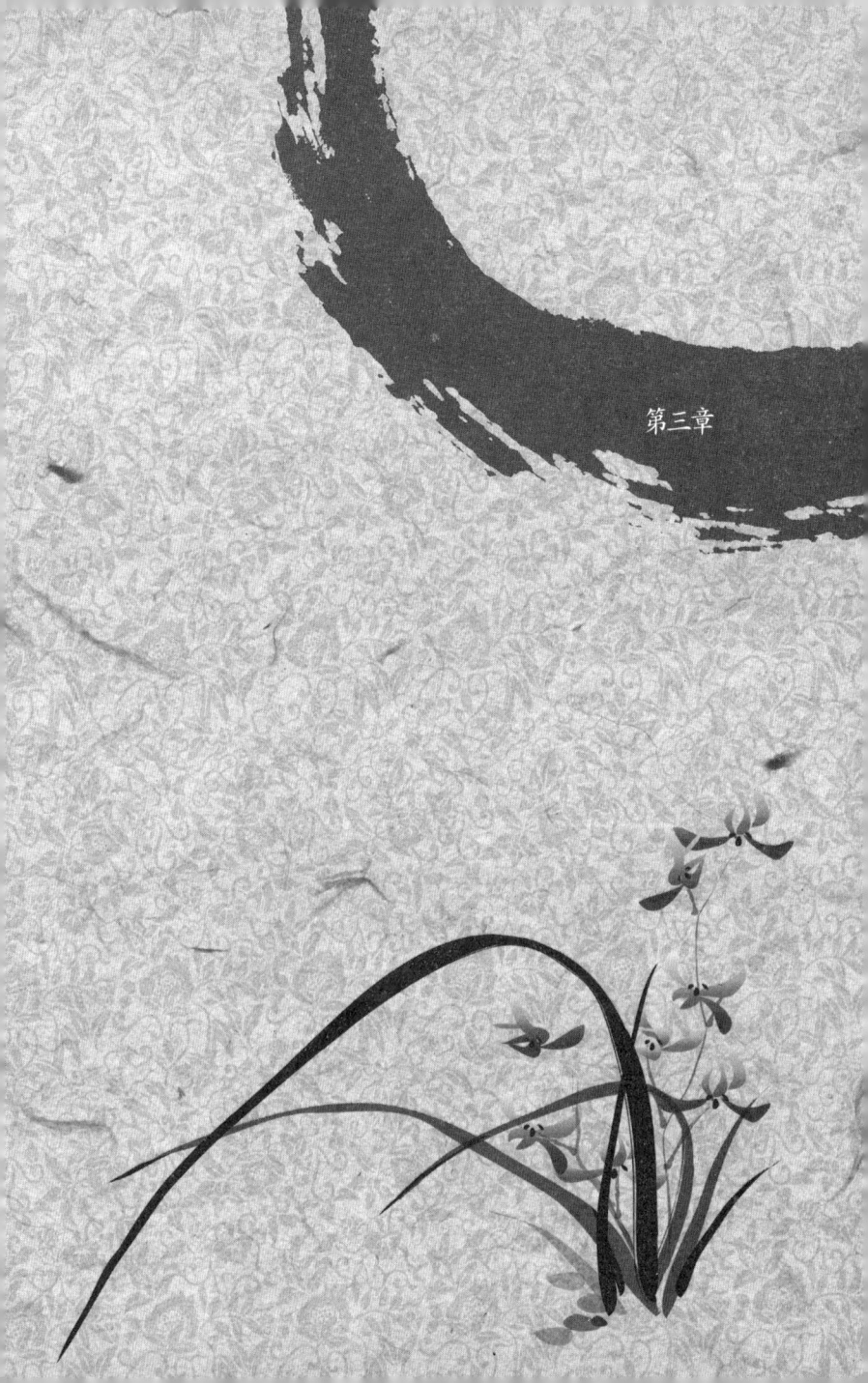

第三章

스르릉!

서연이 자리를 뜨자 문이 열리며 누군가가 들어섰다.

"들었느냐?"

"네, 아버님."

"어찌 생각하느냐?"

"연이의 의견에 공감이 갑니다. 장에만 처박혀 있는 녀석이 풍문만 듣고 조정의 상황을 예측하다니 대단하지 않습니까? 역시 연이는……."

서연을 대신에 자리에 든 이는 바로 장가장의 장주인 장섭이었다.

　대화로 보아 그는 밖에서 장일과 서연의 대화를 들은 듯했다.

　"확실치 않은 일에 예측은 삼가라."

　"하지만 그것에 그리 집착하는 걸 보면 분명하지 않습니까? 이제라도 제대로 이야기를 해보심이 어떠하십니까?"

　"아니다. 그냥 흘러가는 대로 두어보자꾸나. 이젠 꼭 그 아이가 필요한 상황도 아니지 않느냐."

　"그럼 정녕 의원이 되게 두고 보시겠다는 말씀입니까?"

　"그래. 그것도 나쁘지 않을 것 같구나."

　"하지만 아버님께서는 누구보다 그 아이를 잘 알고 계시지 않습니까? 그 아이는 일개 의원이 될 만한 재능이 아닙니다."

　장섭은 장일의 말에 뭔가가 안타까운지 그렇게 말했다.

　그는 서연의 재능을 좀 더 다른 곳에서 꽃피우길 원하는 듯 보였다.

　"쯧쯧, 학문을 하는 녀석이 직업의 귀천을 논할 셈이더냐? 공자께서는 과거 삯바느질하는 일개 아낙에게도 배움을 청하셨거늘 그 진정한 뜻을 모르는 게냐?"

　"어찌 공자천주(孔珠子穿)의 고사를 모르겠습니까? 하지만 적재적소(適材適所)란 말도 있지 않습니까? 의원을 하기엔 그 아이의 재주가 너무나 아깝습니다."

장일이 공야천주의 고사에 빗대어 질책하자 장섭 역시 적재적소란 말로 답했다.

　공야천주(孔珠子穿)란 공자가 실을 구슬에 꿰는 방법을 몰라 아낙네에게 물으니 개미허리에 실을 감고 구슬 반대편에 꿀을 발라 구슬을 꿰었다는 고사이다.

　구슬 꿰는 데는 도사인 아낙네에게 공자가 체면치레 없이 물어보기를 서슴지 않았다는 말로, 배움을 읽히는 데 있어 상대의 귀천을 가리지 말라는 뜻이다.

　"연이의 올바른 자리란 것을 누가 판단한 것이냐? 바로 너이지 않느냐? 그것에 네 욕심이 안 들어갔다고 자신할 수 있느냐? 우리 욕심에 연이를 잃을 뻔한 걸 벌써 잊은 게냐?"

　"아!"

　장일의 질책에 장섭은 과거의 잘못을 떠올렸다. 그리고 그 잘못이 머릿속에 떠오르자 할 말을 잃고 잠잠히 있을 수밖에 없었다.

　"그 아이의 일은 녀석이 원하는 대로 두자꾸나. 율이가 있으니 그 아이에게 꼭 욕심을 낼 상황도 아니지 않느냐? 더 이상 세준이나 수향이가 우는 모습을 다시 보고 싶지 않구나."

　"네. 아버님께서 그리 판단하셨다면 알겠습니다. 그나저나 앞으로 어찌하실 생각입니까? 아버님께서 의술을 잘 아시는 것도 아니니 이대로 연이 홀로 의술 공부를 하게 두실 겁니까? 분명 한계가 있을 터인데…….”

장일의 말에 수긍한 장섭은 이내 다른 걱정이 생겼다.

자신의 생각대로 서연을 이끌 수는 없지만 이왕지사 서연이 의술을 배운다면 제대로 배웠으면 좋겠다고 여긴 것이다.

“후후, 쓸데없는 걱정이로구나. 내 주변에 한 녀석이 있지 않느냐? 연이를 가르칠 만한 의원이라는 녀석이.”

“아! 연이를 그분께 보내실 생각이십니까?”

“그래, 녀석에게 보낼 생각이다.”

“좋군요. 그분이라면 소문은 그렇지만 실력 하나는 최고이지 않습니까? 연이를 충분히 이끌어주실 수 있을 겁니다.”

“그렇지. 그 녀석이라면 충분하고말고.”

장일은 그렇게 말하며 자신의 친우를 떠올렸다.

‘내가 과연 아무런 사심 없이 연이를 녀석에게 보내는 것인가? 후! 어렵구나.’

하지만 친우를 떠올리는 장일의 모습이 마냥 즐거워 보이지만은 않는 것도 사실이다.

*   *   *

“휴!”

노안당을 나와 자신의 방으로 돌아온 서연은 이내 큰 한숨을 내쉬었다.

"밖에 있던 분은 분명 백부님이셨어. 도대체 왜 백부님이 나랑 할아버지의 대화를 엿들은 걸까? 할아버지는 모르셨던 걸까? 아니야. 대화 도중 가끔 밖을 보신 걸 보면 분명 알고 계신 듯했어. 대체 뭘까? 두 분은 뭘 숨기고 계신 거지?"

서연은 놀랍게도 밖에서 장섭이 장일과의 대화 내용을 듣고 있음을 알고 있었다.

물론 그런 장섭의 행동은 가뜩이나 요즘 정신이 사나운 서연을 더욱더 혼란스럽게 했다.

"복잡할수록 차분히 단순하게 정리해 보자. 일단 첫 번째 문제는 천선지사가 왜 여기에 있느냐는 거야."

서연의 머릿속을 복잡하게 만드는 첫 번째 원인은 바로 천선지사라고 부르는 목간 때문이다.

삼 년 전 우연히 목간을 얻었을 때 서연은 깜짝 놀랐다.

이는 목간에 쓰인 언어 때문이었는데, 놀랍게도 목간에 쓰인 문자가 전생의 역사 시간에서나 보던 문자였기 때문이다.

가림토!

한(韓)민족이라면 누구나 한 번쯤은 그 형태를 보았을 문자.

그 문자가 목간에 쓰여 있었던 것이다.

하여튼 서연은 가림토로 쓰인 목간을 보자 자신도 모르게 빠져들 수밖에 없었다. 그렇다고 해서 그 해석이 쉬운 일은 아니었다.

전생에서도 자세히 밝혀지지 않은 언어였고 그 사료도 매우 희귀한 언어였다.

다행이라면 서연에게 가림토에 대한 약간의 지식이 있었다는 점이다.

이는 전생의 아버지가 바로 한국의 고대사를 연구하던 역사 학도였기 때문이다.

비록 서연이 성인이 되었을 때는 원망의 맘밖에 없던 아버지지만 어린 시절 그를 유독 따르던 시절에는 이것저것 아버지의 하는 일에 대해서 많은 것을 배웠다.

그때 배운 것 중에는 바로 가림토에 대한 지식도 있었던 것이다.

그러나 그렇게 배운 지식이 있다고 해서 목간의 내용을 바로 해석할 수는 없었다.

그야말로 수박 겉핥기식으로 배운 지식으론 완벽한 해석을 할 수 없었던 것이다.

그렇다고 해석하는 데 희망이 없진 않았다.

청수대학사라고 불리는 장일의 주특기가 바로 금석학(金石學)이었기에 그의 서고에는 중원뿐만 아니라 주변국에 대한 각종 사료도 엄청나게 많이 있었던 것이다.

서연은 그런 사료들과 전생의 기억을 이용해 목간의 내용을 해석하기 시작했다.

그 모습을 기특히 여긴 장일은 가림토에 과한 사료들을 일부러 수소문하여 모아주기까지 했다.

그러길 삼 년이었다.

서연은 얼마 전 드디어 목간의 해석을 마칠 수가 있었다.

그리고 목간을 해석하자 이내 또다시 놀랄 수밖에 없었다.

목간의 제목은 천선지사!

그것은 전생에서 아버지가 그토록 찾아 헤매던 것이었기 때문이다.

그리고 단란하던 자신의 가족을 붕괴로 이끈 원흉기도 하다.

"이게 중국에 있었다니. 훗! 이것이 존재하는 곳을 한반도라고 생각했으니 전생에서 그토록 아버지가 찾아 헤매도 못 찾은 것이겠지. 그나저나 무공서인가 하고 기대했던 것이 천선지사라니 삼 년간의 노력이 헛되구나. 이깟 것을 얻으려고 해석에 몰두한 건 아닌데 말이지. 그래도 아주 헛된 아니었나? 적어도 그건 얻었으니까."

서연은 노력 끝에 해석한 목간이 천선지사인 걸 알게 되자 이내 허탈해졌다.

솔직히 더 이상 이 목간에 신경을 쓰기도 싫은 것이 정답이다.

그러나 그 노력이 헛되지는 않았는데, 바로 천선지사에서 서연이 그토록 바라던 것을 얻을 수 있었던 것이다.

서연이 바라던 것은 바로 무공이었다.

아니, 그것을 무공이라 하기는 어려웠다.

얻은 것은 이름 모를 운공법 하나였기 때문이다.

놀랍게도 천선지사의 앞부분엔 운공법이 하나 수록되어 있었다.

서연이 그토록 열심히 목간의 내용을 파고든 데에는 이 운공법이 큰 역할을 했다.

앞서 말한 대로 서연은 각인현상이라는 놀라운 능력이 있었다.

그리고 그 각인현상을 사용하다 수없이 많은 실신 경험을 했다.

이는 한 가지 부작용을 낳았다.

이런 실신 경험 때문에, 그리고 어릴 적 오 년간의 투병 때문에 주변에서 서연에게 도통 무공을 배우도록 허락지 않는 것이다.

서연의 목표는 의원이 되는 것이다.

그러나 그렇다고 한 지역에 약방을 세우고 환자나 기다리는 삶을 원하는 것은 아니었다.

환자를 기다리기보단 돌아다니며 환자를 찾아다니는 삶을 살고 싶었다.

그러려면 필수적으로 필요한 것이 무공이다.

알다시피 이곳은 무공이 존재하는 세상이다.

그리고 치안이 완전히 정립된 세상도 아니다.

길을 돌아다니다 보면 산적이나 비적이 출몰했고, 이런 도적들도 작업을 위해서 삼류 무공이나마 배우고 있는 실정이었다.

이런 세상에서 멋모르고 혼자 돌아다니다간 목숨이 세 개여도 부족했다.

그렇다면 어느 정도 호신할 수 있는 정도의 무공은 필수였는데 서연에겐 그것을 배울 길이 막힌 것이다.

장일이나 서연의 부모인 세준, 수향은 그가 학문을 배우며 입신양명하길 바라는 사람들이었기에 더더욱 서연에게 무공을 배우는 것을 허락하지 않았다.

"천선기라……. 그놈의 저주받은 물건에게서 얻은 것이지만 잘 써주겠어. 당장은 이것 말곤 방법이 없으니."

서연은 그렇게 말하며 자신의 손을 바라보았다.

그곳에는 전에 보이던 새하얀 기운이 손끝에 살짝 맺혀 있었다.

바로 서연이 목간의 운공법으로 얻은 기운으로 목간에선

이 기운을 천선기라 불렀다.

"이놈의 목간은 그만 생각하자. 머리만 아프니. 다른 문제도 골치가 아프잖아. 두 번째 문제. 바로 백부님과 할아버지."

요즘 서연의 머리를 복잡하게 하는 것은 천선지사라 불리는 목간뿐만이 아니었다.

서연이 천선기를 느끼면서 알게 된 사실 하나.

그것은 바로 백부인 장섭과 할아버지 장일에 관한 일이었다.

"천생 학자라고만 느낀 백부님과 할아버지. 두 분은 대체 뭘 감추고 계신 거지?"

서연이 천선기를 얻으면서 느낀 것은 천선기가 주변의 기척을 느끼는 데 탁월한 능력을 발휘한다는 것이다.

그래서인지 그는 예전에는 몰랐던 몇 가지 사실을 알게 되었다.

바로 백부인 장섭과 할아버지 장일의 이해가 가지 않는 몇 가지 행동이었다.

오늘만 해도 그렇지 않은가?

할아버지인 장일과 나눈 대화에 특별한 점은 없었음에도 불구하고 장섭은 몰래 그 내용을 엿듣고 있었다.

그것도 서연이 집중해서 관찰하지 않으면 느끼지도 못할

정도로 은밀하게 말이다.

"뭐 예전에도 알고 있었던 것이지만 분명 율이가 태어나곤 줄었던 눈길인데 요즘 따라 유독 심하단 말이지. 설마 목간 때문인가? 그것 말고는 이유가 없는데."

물론 장섭의 이런 관찰의 눈길을 느낀 것은 처음이 아니다.

예전 자신이 정신을 차리고 깨어났을 무렵, 장섭은 모르겠지만 서연은 은밀히 그가 자신의 일거수일투족을 살펴본다는 것을 알고 있었다.

그 당시만 해도 서연이 막 깨어났기에 관심을 가지는구나 생각했을 뿐이다.

특히나 자신이 깨어나고 일 년 후,

장가장의 막둥이 율이가 태어난 이후론 그런 감시의 눈길이 줄었기에 단순하게 생각했다.

근데 그런 장섭의 눈길이 알게 모르게 요즘 들어 서연을 답답하게 만들고 있었다.

바로 목간에 파고들면 들수록, 더구나 해석이 막바지에 이르러선 자주 그의 눈길이 느껴지는 것이다.

"아니야. 목간이랑은 관계가 없나? 목간을 장가장에서 얻은 것도 아니고. 괜한 우려이려나? 하긴 목간을 해석하고 천선기를 얻으면서 내 행동도 조금 달라졌으니 그 때문일 거야."

목간과 장섭의 관계를 생각하던 서연은 이내 머리를 잘래
잘래 흔들었다.

목간을 얻은 곳은 장가장과 관련이 없다.

서연은 자신이 괜한 오해를 하고 있는 것은 아닌가 하는 생
각이 문득 들었다.

"그래, 편히 생각하자. 확실한 건 두 분이 날 아끼고 있다
는 점이지. 두 분의 행동이 약간 이상해도 그건 날 위한 관심
이라고 생각하자. 그게 맘 편하지."

서연은 오해하고 있다는 생각이 들자 이내 맘이 편해졌다.

확실히 장섭이나 장일이 서연을 아낀다는 점은 틀림없었
다.

그건 이제 열다섯 살의 어린 소년이 느끼는 감정이 아니라
전생을 경험하고 충분히 세상을 경험한 그가 확신하는 점이
다.

"그래, 두 분은 가족이잖아? 뭔가가 있다면 훗날 말씀해 주
시겠지. 그리고 중요한 건 그게 아니잖아. 제일 중요한 문제
는 바로 우리 부모님이지. 휴아! 아버지야 그렇다 치고, 의원
이 된다고 하면 어머니는 분명 난리 치실 텐데. 쩝."

장섭과 장일의 문제가 일단락되자 이내 드는 걱정은 바로
수향의 문제였다.

알다시피 서연의 부모인 세준과 수향은 그가 입신양명하

길 항상 기도하고 있었다.

그런 두 분의 기대를 저버릴 결심을 하는 서연이기에 약간
은 걱정이 된 것이다.

"뭐 할아버지가 나서주신다 했으니 상관없겠지. 두 분은
할아버지 말씀이라면 다 들어주시니. 그러려면 물론 할아버
지와의 내기에서 이겨야 하겠지만. 것도 문제없나? 후후!"

부모님께 약간 미안한 감정이 드는 서연이었지만 장일이
떠오르자 이내 안심하는 서연이다.

장일이 나서준다면 두 분의 설득에는 별다른 문제가 없어
보였던 것이다.

다만 그런 서연이 장일과의 내기에서 질 일이 없다는 듯 자
신감을 내보이는 것은 약간 의문스러웠지만 말이다.

＊　　　＊　　　＊

이른 아침.

장가장의 외곽 담벼락을 따라 한 소년이 달리고 있었다. 이
윽고 장의 대문이 보이자 소년은 마지막 힘을 다해 장에 들어
섰다.

조금 지친 듯 큰 숨을 내쉬며 소년은 숨을 골랐다.

그 뒤 무언가를 찾는 듯 소년은 주위를 두리번거렸다.

그런 소년의 눈에 들어온 것은 흰 강아지 한 마리였다.

강아지는 소년이 팔을 벌리자 가슴으로 뛰어들었다. 소년은 그런 강아지를 웃으며 반겼다.

"에고고! 하하하! 이 녀석. 간지러워."

서연은 자신을 반기는 녀석이 귀여운지 크게 웃었다.

그런 그들의 모습은 이른 아침 청소를 하는 장가장 식솔들 또한 미소 짓게 했다.

서연이 반기는 이 녀석은 미현이 백호, 서연은 백구라고 부르는 녀석이다.

"에고, 이 녀석을 한번 이겨보질 못하네."

매일 아침 서연은 백구와 이렇게 달리기 경쟁을 하였는데 언제나 지는 건 서연이었다.

"자! 우리 숨 쉬기 하러 갈까?"

"컹컹!"

서연은 그렇게 말하며 백구를 안고 안으로 들어갔다.

숨 쉬기란 바로 천선지사라 불리는 목간에서 얻은 운공법을 말함이다.

유독 백구는 그런 토납법을 하고 있는 서연 옆에 있는 것을 좋아했기에 둘은 이렇게 아침이면 자주 함께하곤 했다.

그 둘이 향한 곳은 장가장의 서고인 청수각이었다.

원체 사람들 출입이 없는 곳이라 조용했고, 그 앞엔 평평한

돌덩이까지 있어 운공법을 수련하기엔 최적이었다.

"씁, 하!!"

청수각에 도착한 서연이 백구를 옆에 놓아두고 운공법을 행했다.

그러자 이내 서늘한 아침 기운을 머금은 맑은 기운이 그의 전신으로 스며들기 시작했다.

그런 서연의 곁엔 어느 샌가 다가선 백구가 조용히 앉아 눈을 감고 있었다.

서연이 오 년 동안 미래를 위해 준비한 것은 비단 경서 공부만은 아니었다.

이렇게 매일 아침 체력 단련도 하고 운공법을 통해서 기를 느끼는 훈련도 하고 있었다.

경서 공부나 매일 하는 체력 단련이야 쉽게 할 수 있었다. 그러나 서연에게 이 운공법을 구하는 것은 쉬운 일이 아니었다.

특히나 전생의 소설에서 보면 혈관이 막히기 전인 어린 시절에 수련해야 고수가 될 수 있었다.

그러다 보니 다급해질 수밖에 없었다. 그렇다고 이런 운공법을 쉬이 구할 수는 없었다.

이는 앞서 말한 대로 서연의 주변 어른들이 다 그가 무공을 익히는 것을 반대한 탓이었다.

상황이 그리되자 서연은 운공법을 구하기 위해 작은 꾀를 내었다.

그 꾀의 타깃은 바로 당가의 암왕이었다.

열한 살 때 처음 원시를 치르러 성도에 나갔을 때 그 유명한 사천당가에 잠시 들렀음에도 서연은 운공법에 대한 것을 미처 생각하지 못하고 시험만 치르고 돌아왔다.

처음 치르는 원시에 대한 부담감이 컸기에 그런 것이지만 돌아와서 생각하자 이내 후회가 되었다.

강호에서도 이름난 사천당가이다.

분명 그 안에는 무수히 많은 무공이 잠자고 있을 터.

물론 중요한 무공은 힘들겠지만 간단한 운공법 정도야 구하려면 충분히 구할 수 있을 것이다.

그래서 다음해 향시를 준비하면서는 만반의 준비를 했다.

강호의 소문난 고수로 알려진 암왕은 이름에 비해 세상에 알려진 바가 적었다.

하지만 서연에게는 그에 대해 잘 알고 있는 양질의 정보원들이 있었다.

예를 들면 그의 하나뿐인 딸이라든가, 아니면 셋밖에 없는 외손녀딸 중의 한 명이라든가 하는 정보원들 말이다.

그런 정보원들의 말에서 서연은 한 가지 중요한 사실을 알 수 있었다.

진중하고 냉혹하다는 강호의 평가와의 다르게 그가 내기라고 하면 자다가도 벌떡 일어나는 성격의 소유자임을 알아낸 것이다.

그리고 마침내 결전의 날.

향시를 치르기 위해 당가를 방문한 서연은 그 즉시 암왕을 찾았다.

그리고 문안 인사를 핑계로 만난 자리에서 서연은 당돌하게도 암왕에게 내기를 제안했다.

내기의 내용은 별것이 아니었다.

그저 그가 향시에서 해원이 되면 소원을 하나 들어달라고 한 것이다.

암왕은 그런 서연의 모습이 귀여워서인지 쾌히 승낙했는데 그 후 그는 크게 곤욕을 치러야 했다.

해원이 된 서연이 소원이라고 요구한 것은 바로 간단한 운공법이었다.

그리고 암왕은 서연의 요구를 대수롭지 않게 생각했다.

운공법 따위야 넘치는 것이고 그것이 가문의 비전이 아닌 다음에야 얼마든지 내어줄 수가 있었던 것이다.

그러나 상황은 소식을 듣고 달려온 장일이 크게 노하자 달라졌다.

서연이 무공을 배우는 것을 광적으로 싫어하는 친우의 모습에 당황한 것이다.

당황한 암왕은 어찌하면 친우의 화를 풀 수 있을까 고심하다 문득 무언가를 떠올렸다.

그것은 바로 젊은 시절 우연히 얻게 된 목간이었다.

구할 당시만 해도 왠지 상서로워 보였기 때문에 해석하기 위해 많은 노력을 기울인 물건이다.

그러나 목간에 적인 글자는 가문에서 고문을 연구하는 자들도 생전 처음 보는 글자였다.

부단한 노력 끝에 목간의 처음 부분이 한 가지 운공법을 담고 있다는 정도까지는 파악했다.

하지만 그 운공법도 제대로 해석된 것은 아니었고, 목간에서 얻을 수 있는 것은 아무것도 없었다.

그래서 사장되어 있었는데 장일의 화를 풀어줄 방법으로 이 목간을 떠올린 것이다.

암왕이 그렇게 목간에 대한 이야기를 꺼내자 장일은 목간에 관심을 드러냈다.

그 역시 금석학을 즐기는 학사였다.

당연히 관심을 가질 수밖에 없었던 것이다.

그러나 목간의 내용은 장일에게도 불가해였다.

그가 중원에서 이름 높은 학사라곤 하나 그의 관심이 모든 주변국의 언어에까지 이어진 것은 아니었다.

물론 비단길을 통해서 불경 등이 들어오는 서역 쪽에 관한 지식은 상당했지만 상대적으로 중원의 동역 쪽에 관한 지식은 부족했던 탓이다.

장일은 자신도 해석하지 못하는 목간을 건네자 이내 수긍했는데, 그렇게 서연은 자신도 모르게 천선지사를 얻게 된 것이다.

물론 서연은 어찌해서 이 운공법이 자신에게 넘어왔는지는 모르는 상태였다.

장일 역시 서연이 이 목간에서 운공법을 얻었다는 것은 모르는 상태였다.

서연이 목간의 해석이 끝난 상태지만 아직 장일에게 그것을 밝히지 않았기 때문이다.

"후아! 오늘도 제자리네. 대체 어쩌라는 거야. 이놈의 기운은 도통 늘지를 않으니."

서연은 뭔가 아쉬워하면서 운공을 마치고 일어났다.

삼 년 전 암왕에게 이 운공법이 적힌 목간을 받았을 땐 매우 기뻤다. 그리고 미친 듯이 그 해석에 몰두했다.

다행히 목간의 앞부분에 적힌 운공법 부분은 희한하게도 전생의 기억으로 금방 해석이 되었다.

그러나 운공법의 해석이 금세 되었다는 기쁨도 잠시, 목간 안의 괴상한 수련법은 서연을 괴롭혔다.

"지상의 기운을 모아서 하늘의 기운을 느껴라? 참 대책 없는 운공법이었지."

땅에 몸을 묻고서, 물속에 들어서서, 또는 불 곁에서 이 운기법을 외우면 된다는 이 간단한 수련법은 전생에서 보았던 삼류 무협소설의 내용과 비슷했다.

처음엔 이렇게 하면 소설에서처럼 화기나 수기, 토기 등의 오행지력을 얻는 건 아닐까 하는 기대도 했다.

그러나 오행지력은커녕 어떠한 기운도 느낄 수 없었다.

물론 목간에는 이런 것들이 하늘의 기운을 느끼게 하는 신체를 만드는 과정이라 설명했다.

하지만 장시간 해보아도 아무런 성과가 없으니 서연으로서는 점점 회의감만 쌓일 수밖에 없었다.

그래도 어쩌겠는가?

암왕과의 내기 이후로 더욱더 철저해진 주변인들의 방해로 다른 수련법을 구할 엄두도 못 내는 상황인 것을.

서연으로서는 어쩔 수 없이 이 성과 없는 수련을 지난 근 이 년 동안 이어올 수밖에 없었다.

컹컹!!

"훗! 백구 이 녀석, 깼냐?"

운공법을 배울 수 없어 암담했던 시절을 떠올리던 서연에게 갑작스레 백구의 울음소리가 들려왔다.

운공하던 동안 서연의 옆에서 졸고 있던 백구가 깨어난 것이다.

컹컹!

"잠든 게 아니라고? 다른 사람은 몰라도 난 네가 잠든 게 아니란 건 알지. 네 덕분에 이놈의 운공법을 깨우쳤으니."

컹컹! 헥헥!

"그걸 알면 감사하라고? 그래, 고맙다, 이 녀석아!"

컹!

서연은 그렇게 일어난 백구와 이야기를 나누기 시작했다.

누군가가 보면 백구와 대화를 나누는 서연이 이상하게 보일 만도 했다.

그러나 서연과 대화를 나누는 백구의 모습을 보면 이상할 것도 없었다.

놀랍게도 백구는 서연의 말을 알아듣는 듯 그의 말에 제대로 된 반응을 보인 것이다.

"그래, 고맙다. 진짜 네 덕분에 이 운공법을 배웠으니."

백구와 잠시 놀아주던 서연은 이내 백구 덕분에 운공법을 깨우친 일 년 전의 상황을 떠올렸다.

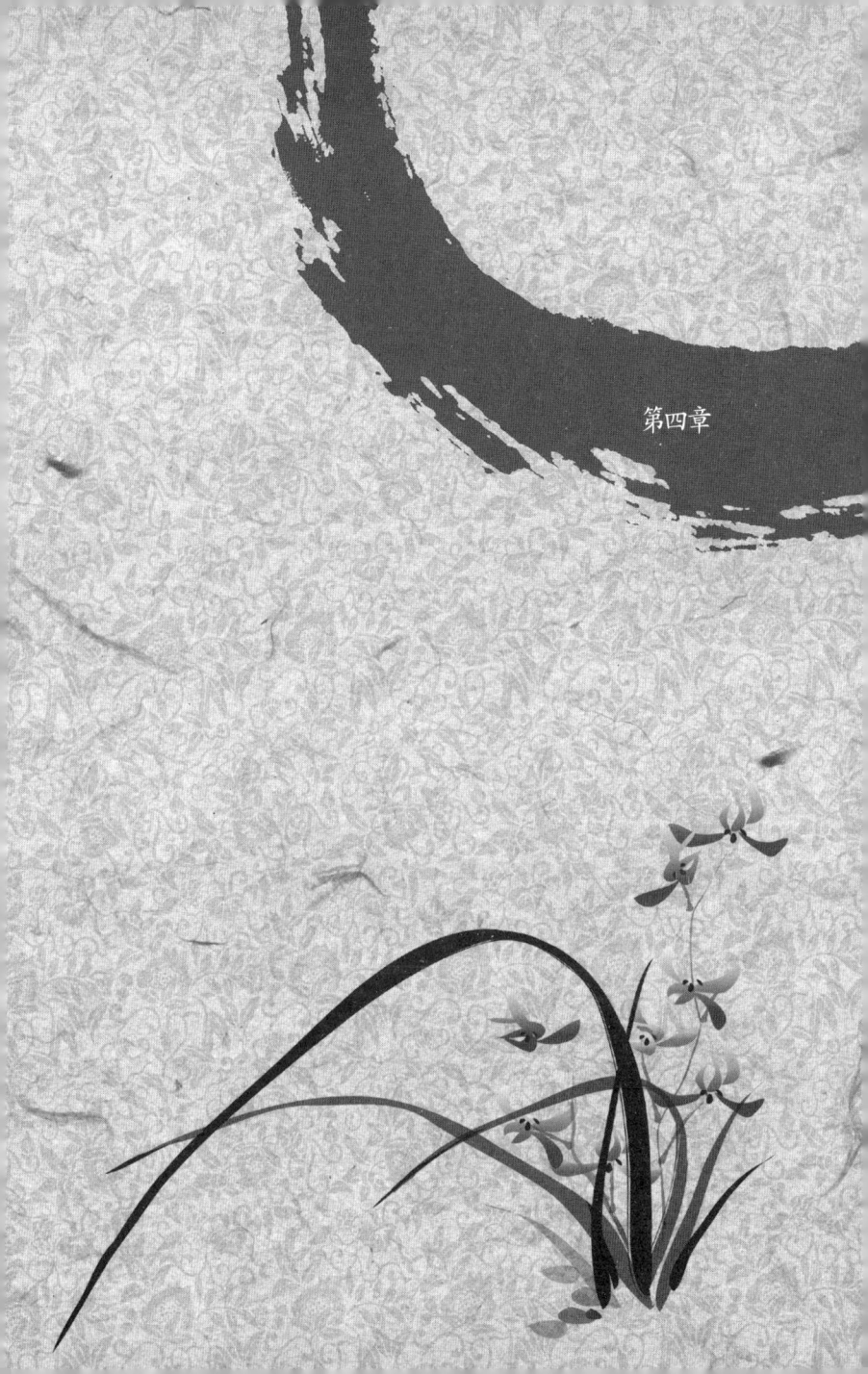

第四章

"후하! 아! 몸이 간질간질한 게 언젠데 아직도 느끼질 못하네. 이거 정말 속은 거 아니야?"

서연은 오늘도 운공법에 성과가 없자 역정을 내었다.

그도 그럴 것이, 운공법을 수련한 것이 장장 이 년이다.

그동안 아무런 성과가 없으니 답답할 수밖에 없었다.

"어라라? 이 녀석, 백구 아니야? 얘가 언제 온 거지? 음……."

오늘도 별 성과가 없이 운공법을 마치려던 서연은 자신의 옆에 얼마 전 뒷동산에서 미현이 주워온 강아지가 있자 놀랐다.

흰색 털북숭이 이 녀석은 누가 봐도 강아지의 모습이기에 서연은 단순히 백구라고 이름 붙였다.

그러나 산에서 이 녀석을 주워온 미현은 서연이 백구라고 부르는 걸 달갑게 여기지 않았다.

미현은 항시 뒷산에 있던 백호의 새끼이기 때문에 백호라고 불러야 한다고 주장했다.

서연은 그런 미현의 말에 수긍할 수는 없었지만 그렇다고 반론을 제기할 수도 없었다.

백구의 온몸을 뒤덮은 털 때문에 그 모양새를 정확히 살필 수 없는 상황이었기때문이었다.

그러나 백구 녀석이 하는 행동은 누가 봐도 강아지.

미현이 백호라고 주장해도 서연은 백구라고 부르길 서슴지 않았다.

하여튼 서연은 이런 백구가 자신의 옆에 이렇게 착 달라붙어 있자 놀랐다.

그도 그럴 것이 백구 녀석의 이름 문제 때문에 요즘 미현과 자주 다투는 서연이다.

그리고 자신의 주인인 미현과 다투는 서연을 백구 녀석은 그리 좋아하지 않았다.

그런 백구 녀석이 이렇게 자신에게 달라붙는 게 어찌 이상하지 않겠는가?

서연은 그런 백구의 이상 행동에 자연스레 녀석을 살피기 시작했다.

"음, 어라?"

서연이 백구를 천천히 살펴보자 한 가지 이상한 점이 보였다.

"음, 얘가 숨을 안 쉬네? 혹시 잘못된 거 아냐?"

분명 백구는 숨을 안 쉬고 있었다.

혹시나 싶어 코앞에 손을 갖다 대보았으나 분명 숨을 안 쉬고 있었다.

그런데 또 신기한 게 숨을 안 쉬고 있는 녀석의 몸에서 이상하게도 생기가 돈다는 것이다.

"얘가 숨을 참고 있나? 음, 그런 것치고는 너무 편해 보이는데. 이상하네."

혹시나 숨을 참고 있는 건가 하고 살펴봤지만 그것도 아니었다.

서연은 점점 흥미가 생기기 시작했다.

"아! 설마?"

서연은 백구의 상태를 보고는 문득 뭔가가 떠올랐다.

"피부 호흡! 그런데 어떻게?"

서연이 떠올린 것은 바로 피부 호흡이었다.

전생에서 배운 바로는 양서류 말고도 사람 같은 포유류도 피부 호흡을 했다.

그러나 그 호흡량은 극소량이고, 그것만으로는 신체에 필요한 산소량을 채울 수 없다는 것이 상식이다.

그러나 지금 백구는 그걸 하고 있지 않은가?

서연은 어떻게 된 일인지 고민했다.

"음, 그냥 피부도 아니고 털이 복슬복슬한 백구가 어떻게 피부 호흡을? 에이, 설마……."

서연은 항상 수련할 때 운공법을 작게 소리 내어 외웠다.

그래서 문득 든 생각이 백구가 자신의 운공법을 따라 하고 있는 건가 하는 것이다.

그리고 그 운공법에 따라 하늘의 기운을 느끼고 이런 상태가 된 건 아닌가 하는 생각이 든 것이다.

"풋! 내가 뭔 생각을 하냐? 설마 강아지가 글을 알겠어? 아, 잠깐! 만약 글이 아니라면?"

백구가 운공법을 외운 것이라고 생각하자 피식 웃음이 나온 서연은 순간 뭔가가 떠올랐다.

"말하는 동안은 숨을 못 쉰다. 운공법을 외우는 게 중요한 게 아니라 혹시 그 운율에 맞춰서 읽는 게 중요한 거였나?"

만약 백구가 운공법 때문에 지금 상태에 들어섰다면 글이 아니라 서연을 따라 숨을 쉰 게 아닐까 하는 생각이 든 것이다.

"근데 난 왜 백구처럼 뭔가를 느낄 수가 없을까?"

만약 운율이 중요했다면 서연도 항시 같이했는데 왜 느낄 수가 없었는지 궁금해졌다.

"아! 피부 호흡!"

서연은 항시 호흡법을 행하고 천기를 느끼려고 할 때 의식적으로 숨으로 들이마시고 몸에 저장하려고 했다.

그런데 그게 틀린 거라면?

이 기운이란 것을 피부로 들이마시는 거라면?

서연은 순간적으로 든 생각에 급히 다시 가부좌를 틀고 운공법을 외워보았다.

정확한 음률과 피부 호흡을 생각하면서.

항시 조용한 청수각에 운공법을 외우는 작은 소리가 들리는가 싶더니 어느새 사라졌다.

그리고 청수각 앞에 있는 소년은 옆의 강아지와 같이 숨을 쉬지 않고 있었다.

＊　　　＊　　　＊

"그 후론 이 녀석과 이렇게 친해졌지? 그치, 백구야?"

컹컹!!

잠시 예전 일을 떠올리던 서연은 이내 정신을 차리고 옆에 있는 백구를 쓰다듬었다.

"그나저나 이 녀석 진짜 정체는 뭘까? 확실히 단순한 강아지는 아닌데."

백구를 쓰다듬던 서연은 이내 녀석의 털 뭉치를 가르며 조심스레 살폈다.

근 일 년간 부쩍 친해져서인지 자신의 손길을 거부하지 않는 백구다.

그래서 예전과는 달리 녀석의 모양새를 좀 더 자세히 살필 수 있었는데, 요즘 들어 느끼는 점은 녀석이 단순한 강아지가 아니란 점이다.

녀석의 입 주변은 개과 특유의 모양새인 데 반해 코나 눈을 보면 달랐다.

털에 가려 있는 녀석의 얼굴은 개과 특유의 순박한 모양새와는 다르게 고양이과 동물을 연상케 했다.

"진짜 미현이 말대로 백호새끼가 맞나? 백구야, 너 진짜 개냐, 고양이냐?"

컹컹!

"어! 이 녀석, 평소엔 손길을 거부 안 하면서 이렇게 자세히 살피려면 도망가네. 사람 헷갈리게 말이지."

백구의 정체를 궁금해하며 서연이 더 자세히 살피려 들자 백구는 이내 서연의 손길을 피해 달아났다.

녀석이 가는 곳이 내원 쪽인 것으로 보아 주인인 미현에게 달려가는 듯 보였다.

"녀석, 나한텐 한참을 그렇게 경계하던 녀석이 미현이에게는 진짜 살갑게 군단 말이지. 그나저나 벌써 시간이 이렇게 됐나?"

잠시 미현에 대해 질투심을 느끼던 서연은 어느 샌가 중천에 떠 있는 태양을 보며 자리에서 일어섰다.

"할아버지와의 내기에서 이기려면 오늘도 열심히 해야지. 이제 얼마 안 남았잖아."

그리고 서연은 오늘도 장일과의 내기에서 이기기 위해 열심히 하루를 보낼 결심을 했다.

*　　　*　　　*

해질녘.

태양이 사라지기 전 마지막 발악이라도 하듯이 붉은빛으로 온 세상을 물들여 갔다.

그때 장가촌의 장가장으로 뚜벅뚜벅 걸어오는 소년이 있었다.

"에고, 내려갈 땐 편한데 이거 올라올 땐 은근 힘드네. 그냥 아래에다 지으시지."

장가장은 장가촌 전체를 관망할 수 있는 언덕배기에 존재
했다.

그래서인지 장가촌으로 내려갈 때와는 달리 다시 돌아올
땐 힘이 들었다.

더군다나 요 몇 달간 장일과의 내기로 인해 매일 장가촌을
들락거려야 했기에 서연은 더더욱 투덜댈 수밖에 없었다.

장일과의 내기란 매일 이렇게 장가촌의 병자들을 치료하
고 그 성과를 보고하라는 것이었다.

이는 마침 장가촌의 병자들을 관리하던 상 의원이 자리를
비웠기 때문에 가능했다.

장일은 상 의원이 자리를 비우는 것을 미리 알고 있었고,
공교롭게도 그때 마침 서연이 의원이 되겠다고 하자 마을 병
자들의 치료를 서연에게 내기의 형태로 맡겨본 것이다.

"애당초 특별한 기운이란 건 느꼈지만 천선기에 이런 공능
이 있을 줄이야. 의원이 되는 데 큰 도움이 되겠어."

서연이 내기 때문에 마을의 병자를 치료하면서 알게 것은
자신이 깨우친 천선기가 의원생활에 큰 도움이 될 것이라는
것이다.

목간에서 배운 운공법으로 얻은 하늘의 기운, 그것을 서연
은 천선기라 불렀다. 그리고 이 기운은 조금 특별했다.

서연이 주변에서 들어본 기와는 다른 특성을 지닌 것이었다.

주변이라고 해봐야 무공을 배우고 있는 미현이나 그의 어머니 당예예뿐이지만 그들에게 들은 기란 개념과 천선기는 뭔가 달랐다.

일반적인 기는 전생의 게임에서 말하는 버프를 거는 것과 비슷했다.

즉, 자신의 힘이 십이라면 기를 운용하는 순간 그 이상으로 변화시키는 개념이다.

물론 자신이 모은 기의 양에 따라 그 상승 폭이 달라진다.

그러나 천선기는 달랐다.

자신의 힘이 십이라면 천선기는 그 힘을 십일로 만드는 힘이었다.

게임으로 치자면 버프가 아니라 스탯을 올리는 개념이랄까?

서연은 이런 모호한 개념을 전생의 무협소설에서 깨달을 수 있었다. 바로 선천지기와 후천지기의 개념이다.

일반적인 기가 후천지기라면 천선기는 선천지기에 가까웠다.

선천지기란 마치 우리 몸의 생명력과 비슷한데 그 덕에 몇 가지 장점이 보였다.

그중 제일 뛰어난 장점은 혈도의 개폐 여부가 그 방출에 영향을 주지 않는다는 점이다.

후천지기의 경우 기의 방출까지의 과정이 상당히 힘들었다.

바로 단전에서 이어지는 혈도가 열려야 한다는 난제가 있는 까닭이다.

하지만 선천지기는 달랐다.

쉽게 이야기하면 우리가 팔에 힘을 주는데 혈도와 관계가 있는가?

그냥 자연스럽게 되지 않는가?

고로 단전에 아주 작은 양의 선천지기가 있더라도 그 방출에는 별문제가 없었다.

하여튼 이런 장점으로 서연은 적은 양의 선천지기지만 그것을 활용할 수 있었다.

바로 의술, 그중에서도 침술에 말이다.

앞에도 말한 바와 같이 선천지기는 바로 생명력과 비슷했다.

그래서 서연은 침술을 시전할 때 이 천선기를 맺어보았는데 그 효과가 탁월했던 것이다.

즉, 그냥 침술을 행할 때와 천선기를 머금은 침으로 침술을 행할 때 그 효과가 크고 그 적용 시간이 매우 단축되어 나타났다.

서연이 의술에 큰 도움이 된다는 말은 바로 이 때문에 한 말이다.

그러나 서연의 마음이 천선기 때문에 만사형통하고 즐거운 것만은 아니었다.

"문제는 이 도움이 되는 천선기란 놈이 도대체 늘어날 생각을 안 한다는 거지."

서연의 말처럼 요즘 서연이 느끼는 문제는 도통 천선기가 늘어나지 않는다는 점이다.

천선기를 느끼고 근 일 년.

서연은 매일 아침 그 수련을 했지만 이놈의 천선기는 도통 늘어날 생각을 안 했다.

물론 수련의 효과가 전혀 없는 것은 아니지만 좁쌀 하나가 좁쌀 두 개가 되는 정도랄까?

일단적인 무공을 배우는 미현의 경우는 하루가 다르게 실력이 늘어가건만 향상이 없는 자신이 서연은 항시 불만이었다.

잠시 이렇게 천선기에 대한 생각을 하며 뚜벅뚜벅 걸음을 옮기던 서연의 눈에 웬 사내가 보였다.

사내는 장가장 대문 입구에서 선뜻 들어가지 못하고 어슬렁거리고 있었다.

서연은 그 청년을 잘 알고 있었다.

"택이 형, 거기서 뭐해요?"

서연이 부른 이는 한택이란 청년으로 몇 년 전부터 장가촌에 머물고 있는 늦깎이 유생이다.

한택과 서연은 사 년 전 향시에서 처음 만났는데 해원을 받은 서연 다음으로 성적을 낸 사람이 바로 한택이다.

지방관의 임용 시험인 향시에 합격한 한택이다.

보통 이런 경우 관직에 출사하는 게 관례인데 그는 특이하게도 서연을 따라 이곳 장가촌에 내려와 서당을 열고서 아이들을 가르치고 있었다.

"헉! 어? 연이구나."

한택은 뒤에서 갑자기 들리는 소리에 깜짝 놀랐다.

그러나 소리의 주인공이 서연임을 알고는 안도하는 표정이다.

"뭐 때문에 그리 놀래요? 마치 옆 사람 답지 훔쳐보다가 시험관에게 걸린 것처럼."

"아니, 그게……."

"쯧쯧, 또 묘월이 누나 훔쳐보러 왔군요?"

묘월은 서연의 전담 시녀를 말함인데, 한택은 처음 이곳에 서연을 만나러 온 날 그녀를 보고 한눈에 반해 버리고 말았다.

"헉! 아니야! 음음, 난 널 보러 왔어."

"음, 저를요?"

묘월을 보러 온 줄 알았는데 자기를 보러 왔다니 서연은 좀 의외였다.

"그래. 널 보러 왔어."

"무슨 일인데요?"

"그전에 하나 물어볼 게 있어."

"뭔데요?"

한택이 신중하한 표정이자 서연은 대체 뭘 물을까 궁금했다.

"네가 요즘 장가촌에 매일 들르는 게 아픈 이들을 치료하기 위해서라고 들었는데 사실이니?"

"어라, 그걸 어디서 들었어요?"

서연이 장가촌에 들러 의술을 행하는 것을 아는 극히 사람은 적었다.

이는 서연이 치료한 환자들에게 입막음을 한 탓인데, 그는 장가장의 가족들에게 이 사실이 알려지는 것을 원하지 않았다.

이런 상황이었기에 서연은 한택이 그 사실을 알자 조금 놀란 것이다.

"그게… 오늘 수업 중에 우찬이에게 들었어. 그렇게 심하

던 우찬이의 기침이 사라졌기에 캐물었더니 너한테 치료를
받았다더구나."

한택의 말에 서연은 상황을 짐작했다.

우찬이는 장가장의 소작농으로 지내온 오씨의 손자인데
천식 증상이 있어 매일 콜록대는 것을 얼마 전에 서연이 치료
를 했다.

장가촌에서 아이들을 가르치는 한택이기에 사정을 알 만
하다 여긴 것이다.

또 아직 어린 꼬마인 우찬이기에 비밀 엄수 안 했다고 탓할
일도 아니었다.

"아, 그렇군요. 형, 부탁인데 그거 비밀로 해줘요. 부모님
껜 비밀이거든요."

"그래. 치료 마치고 네가 비밀로 해달라고 했다는 것도 들
었다. 근데 우찬이는 완치된 거니?"

"우찬이는 다 나은 게 아니에요. 그 병은 오랜 관리가 필요
하거든요."

"그렇구나. 우찬이 일 때문에 주변에 알아보니 다른 분들
도 많이 치료하고 있더구나. 평판도 좋고."

"실은 몇 달 전에 상 의원님이 급한 일 때문에 태원으로 잠
시 가셨잖아요. 그분 대신에 조금 돌봐 드리는 거죠. 그래 봐
야 상 의원님에 비하면 돌팔이죠, 뭐."

상 의원은 앞서 말한 장가촌에 있는 유일한 의원으로, 천하삼대의원이라 불리는 신의 천수만이 세운 천수의가(天手醫家)의 문하 제자였다.

유명한 의가의 제자이기에 그 실력도 만만찮아 마을 사람들의 인정을 받고 있었다.

그런데 두 달 전 천수의가에 큰일이 생겨 잠시 장가촌을 비울 수밖에 없었다.

그 때문에 장가촌 사람들은 아프면 근처 성도까지 가야 하는 수고로움이 생겼다.

기실 서연과 장일의 내기는 여기서 생겨났다.

장일은 대화 도중에 서연의 의술이 이미 상당하다는 것을 인지했으나 단지 아는 것과 써보는 것이 다른 것 또한 잘 알고 있었다.

이에 상 의원이 장가촌을 비울 동안 서연이 그 공백을 제대로 메운다면 인정하고 의원의 꿈에 지원하겠다고 한 것이다.

"과례(過禮)는 비공(非恭)이라 했다. 특히나 침술 같은 경우는 놓는 즉시 큰 효과가 있어서 상 의원보다 낫다고 하던데……"

"아이참, 상 의원님과 제가 어떻게 비교가 되나요?"

서연이 전생에 한의예과를 다녔지만 침술은 초보자를 겨우 벗어난 수준이었다.

그러나 그런 서연의 침술이 효과를 보는 것은 앞서 말한 대로 천선기 덕분이었다.

그런 사정을 모르는 한택이 침술을 칭찬하자 서연으로서는 제대로 된 실력 평가가 아닌지라 부끄러웠다.

"그나저나 저 칭찬하려고 오신 것은 아닐 텐데, 용무가 뭐예요?"

서연은 이야기가 점점 다른 방향으로 흐르자 한택에게 물었다.

"아! 다름이 아니라 연이 너도 얼마 전에 우리 어머니께서 오신 거 알지?"

"맞다! 축하드려요. 그렇게 마음을 쓰시더니 결국 모시고 왔군요."

한택은 본시 사천 남부 덕창지방의 한 부유한 상인 집안의 자식이었는데 어머니가 시녀출신인지라 그곳 본처의 질시를 받아왔다고 했다.

그러다 보니 항시 고향에 있는 어머니를 걱정했다.

장가촌의 아이들을 가르치며 사정이 좀 풀리자 이제 겨우 모셔온 모양이다.

"그래, 고맙다. 실은 너를 찾아온 이유는 바로 어머님 때문이란다."

"형님 어머니이요?"

"그래. 겉으로는 괜찮다고 하시는데 밤마다 끙끙 앓으신 다. 손발도 차고 말이야."

한택은 어젯밤 끙끙 앓으시던 어머니 생각을 하면서 말했 다.

"음, 손과 발도 차다고요? 그동안엔 의원을 찾지 않으셨고 요?"

"그래. 고생만 하시고 의원에게 제대로 검진조차 못 받으 시다니. 상 의원님이 계시면 보여 볼 텐데 계시지 않아 걱정 하고 있었는데 다행히 우찬이 이야기를 오늘 듣고 널 찾아왔 단다."

서연은 한택의 설명을 듣자 뭔가가 떠오른 듯 한택에게 여 러 가지를 물어보았다.

한택 역시 그런 서연의 진중한 표정에 뭔가를 느낀 듯 이내 얼굴을 굳히며 대답했는데 그럴수록 서연의 표정은 더 굳어 만 갔다.

"음. 내가 생각하는 병이 맞는다면 조금 걱정되는 상황이 긴 해요. 어머님께 빨리 가봐야 할 거 같아요."

"정말이냐? 혹시 위험하신 거냐?"

서연이 말에 한택이 많이 놀란 듯 물었다.

"일단은 가봐야 알 것 같아요. 너무 걱정하진 마세요. 일단 채비를 좀 갖추고 나올 테니 기다리세요."

서연은 그렇게 말하고는 장으로 뛰어들어가 이내 몇 가지 짐을 챙겨 들고 나왔다.

　"부모님께는 오늘 형네 집에서 잔다고 말했어요. 얼른 가요."

　"그래, 고맙다, 연아."

　"뭘요. 우리 사이에. 얼른 가요."

　두 사람은 그렇게 발걸음을 옮겼다.

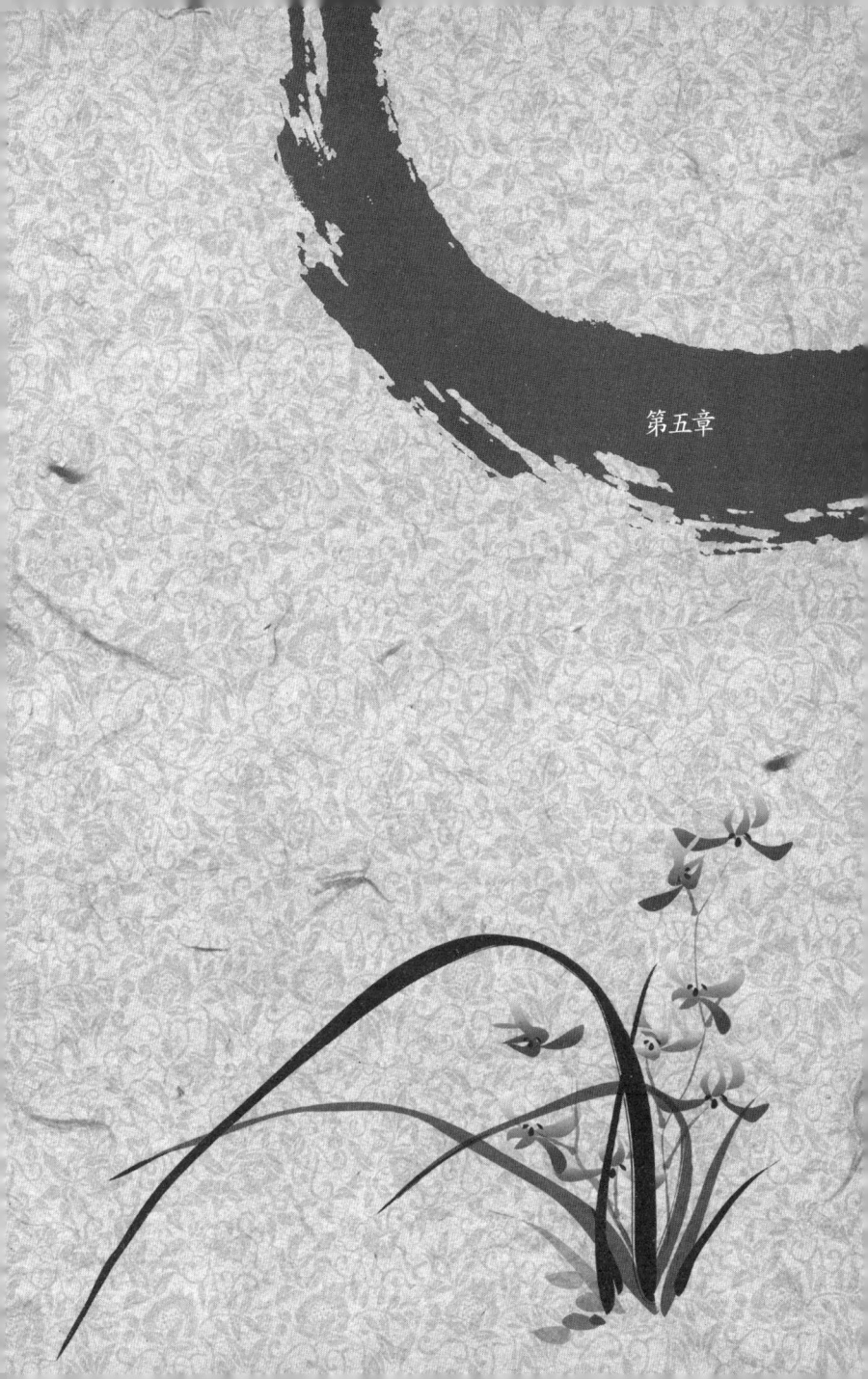

第五章

장가촌에 있는 한택의 거처는 본시 창고이던 곳을 아이들의 교육을 위해 개조한 곳이라 꽤 넓었다.

당시 장가촌엔 가르칠 만한 공간이나 선생이 없어 아이들의 배움의 길이 막혀 있었다.

이때 우연히 장가장에 온 한택이 정착할 곳을 찾자 아이들의 교육을 조건으로 내준 곳이다.

그런 한택의 거처에는 한 중년 여인 누워 있었는데 그 곁을 두 명의 사내가 지키고 있었다.

"후아, 이제 다 됐어요. 일어나서도 돼요."

서연은 중년 여인에게 놓았던 침을 뽑으면서 말했다.

"혹시 나쁜 병이니?"

혹시나 어머니가 잘못된 건 아닌지 걱정하던 한택이 서연에게 물었다.

"얘는 괜찮다는데도 그러는구나."

그런 한택의 모습에 진료를 받는다고 누워 있던 중년 부인이 일어나며 말했다.

"그나저나 도련님이 바로 택이가 말한 그분이군요. 택이가 이곳에 자리 잡는 데 많은 도움을 주셨다고요."

중년의 여인은 한택의 어머니인 양씨로 치료를 마치자 서연에게 고마운 듯 말했다.

"말 편히 하세요. 택이 형 어머니신데. 오히려 택이 형이 장가촌에 와서 다들 고마워하는걸요. 아이들도 잘 따르고."

"하지만 어찌… 대학사님의 손주님이신데."

"에이, 또 그러시네. 그나저나 어머니, 배가 좀 고픈데 밥 좀 주시면 안 될까요?"

"호호호, 꼬마 도련님이 넉살도 좋으시네요. 얼른 챙겨 드릴 테니 기다리세요."

양씨는 그런 서연의 모습이 귀여운지 웃으며 방에서 나갔다.

"연아, 도대체 무슨 병이시니?"

양씨가 자리를 비우자 한택이 어머니의 상태가 궁금해서 물었다.

"음, 진심통(眞心痛) 같아요."

"허, 진심통이면 위험한 병 아니니?"

서연 입에서 진심통이란 말이 나오자 한택이 놀라 물었다.

아침에 발작하면 저녁에 죽고, 저녁에 발작하면 이튿날 아침에 죽는다고 전해지는 병이 진심통이다.

"네. 제가 본 의서에서는 이런 심통을 아홉 개로 나누는데 그중에 진심통이 가장 위급하다 했으니까요."

서연이 말한 의서는 바로 동의보감으로 허준은 심통의 종류를 아홉 가지로 나눴는데 진심통은 그중 위급한 증상에 속했다.

"그렇다면 큰일 아니니? 이렇게 있어도 되니?"

"일단은 침을 놓아서 가슴에 뭉친 어혈은 대충 풀어놓았으니 괜찮아요. 형이 말한 대로 내 침술이 효과는 빨리 오거든요. 근데 문제는 그게 아니에요."

이곳으로 오기 전에 생각했던 양씨의 병명이 진심통이었다.

그래서 서연은 침술을 놓을 때 있는 힘껏 천선기를 운용했는데 그 덕분인지 양씨의 가슴에 쌓인 어혈은 간신히 풀렸다. 그러나 치료는 그것이 끝이 아니었다.

"그게 무슨 말이니? 혹시 다른 병도 있으신 거니?"

한택은 서연이 더 큰 문제가 있는 것처럼 말하자 혹시나 진심통 말고도 다른 병이 있나 싶어 물었다.

"다른 병은 없어요. 다만 진심통의 원인이 문제예요."

"원인이 문제라니?"

"심통이라는 게 대부분 육체적인 고통보다는 정신적인 피로감에서 오거든요."

"정신적인 피로감이라면?"

"네, 다른 이에게 말 못할 사정 같은 게 울화로 가슴에 계속 박히니 어혈로 뭉치고 그게 혈관을 막는 거죠."

"말 못할 사정이라……."

"네, 이 병은 이렇게 울혈을 풀어도 결국 그 원인을 제거하지 못하면 계속 발병하거든요."

서연의 말에 한택은 무언가에 화가 나 눈물이 나오려고 하자 입술을 깨물었다.

"큭, 그렇다면 원인은 하나구나. 큰집 여자와 그 개차반들. 그 집에 살면서 얼마나 힘드셨을꼬?"

"음, 과연 그럴까요?"

서연 역시 한택의 사정을 잘 알고 있기에 그의 심정이 이해가 갔다.

그러나 왠지 아주머니께서 단순히 그런 이유로 심병에 난

건 아닌 듯했다.

"그건 연이 네가 그 사람들을 못 만나 봐서 하는 소리다. 얼마나 독한 사람들인데."

한택은 서연이 그들을 못 봐서 하는 소리라고 일축하며 과거의 일을 떠올렸다.

그러자 예전의 서럽던 시절이 생각나는 듯 눈물을 흘렸다.

"흑, 그동안 어머니의 맘고생이 얼마나 심했을꼬? 내 반드시 성공하게 되면 그들을 가만두지 않을 거야."

이렇게 말하는 한택의 눈빛엔 독기가 서려 있다.

"형, 아무리 그래도 그런 생각은 옳지 못해요."

"너같이 좋은 환경에서 공부한 도련님들은 몰라. 내가 어떤 맘으로 공부했는지. 아차, 미안하다."

다른 이들보다 늦은 이십대에 들어서서야 시작한 공부.

그런 한택이 향시까지 통과할 수 있었던 것은 오로지 그들에게 복수하겠다는 일념 때문이었다.

한택은 서연의 말이 자신의 삶을 부정하는 듯해서 순간적으로 화가 났다.

"……."

"……."

화를 낸 한택이나 평소 같지 않은 모습의 그에게 놀란 서연은 어색한 분위기에 말을 잠시 잇지 못했다.

그때 누군가의 목소리가 둘 사이의 정적을 깼다.

"그 때문이다."

목소리의 주인공은 서연의 밥상을 내오던 양씨였다.

"어머니!"

맘속의 속내를 밝힌 탓인가 한택은 뭔가 부끄러운 듯 외쳤다.

"내가 만약 심통을 겪는다면 큰집 마님 때문이 아니라 너 때문이다."

"어머니, 무슨 말씀이세요? 저 때문이라뇨?"

"택이 넌 어찌 생각할지 모르겠지만 난 한 번도 큰집 마님이나 도련님들을 원망한 적 없다."

"원망한 적이 없다니요? 그들이 어찌했는지 잊으셨어요?"

"그래도 난 그들이 충분히 이해가 갔다."

"항상 저희를 볼 때마다 지나가는 벌레 보듯 하고 어찌하면 밟아 죽일 수 있을까 고민하던 이들입니다. 어찌 그들이 이해가 간단 말입니까?"

양씨가 그들을 두둔하는 말을 하자 악에 받친 한택이 크게 소리쳤다.

"택아, 넌 모른단다. 예전 마님이 어떤 분이셨는지."

"흥! 보나마나죠. 사갈 같은 성격에 하인들만 죽어났겠죠."

"틀렸다. 예전 마님은 지나가는 개미 한 마리 못 죽이는 분이셨다. 한 씨 가문에 처음 시집오셨을 때만 해도 그 고운 얼굴만큼 마음씨도 고운 분이셨다."

"그런 여자가 그릇 하나 깨졌다고 어머니를 그렇게 때립니까? 그것도 일부러 자기가 깨놓구선요?"

예전 어릴 때 어머니를 때리던 그녀의 모진 모습이 떠오르자 한택을 치를 떨면서 이야기했다.

"다 나 때문이란다. 택이 넌 모른단다. 한 남자만을 바라보는 여인네의 마음을."

그러면서 양씨는 처음 한택을 가졌을 때의 큰마님의 표정을 떠올렸다.

시집온 후 가장 친하게 지내던 시녀가 자신의 남자의 아이를 가졌을 때 오는 배신감과 당혹감이 뒤섞인 그 표정을.

"그렇다면 어머니께서 울화가 쌓여 병에 든 이유가 무엇입니까? 그들이 아니라면 도대체……."

"형 때문이네요. 아주머니 말씀대로."

한택이 양씨에게 물었지만 대답은 서연에게서 나왔다.

"나 때문이라니 도대체 왜?"

"정말 모르겠어요? 어린 제 눈에도 뻔히 보이는데."

"도대체 내가 뭘 잘못했단 말이냐? 그리고 연이 네가 뭘 안다고 지껄여?"

한택은 다른 건 몰라도 자신 때문에 어머니가 병들었다는 소리에는 화를 참지 못했다.

"그만하거라. 작은 도련님 말대로 이 어미가 하고픈 말을 못하고 가슴에 담아둔 건 너에 대한 이야기다."

"제가 뭘 어쨌다고 그러세요? 제가 무슨 마음으로 공부했는지 모르세요? 어머니라면 아시잖아요!"

"그래, 안단다. 그래서 더 그렇구나. 네가 그렇게 노력할수록 어미 맘은 더 아팠단다."

"도대체 왜 아프신 건데요? 지난 근 칠팔 년 동안 전 어머니를 위해서 노력했다고요. 큭, 흑, 그런데 이러시면 지난 시간의 제 노력은 뭐가 되느냐고요."

한택은 서연뿐만 아니라 어머니까지 자신을 책망하자 서러움에 눈물이 절로 나왔다.

"우리 아가, 어미가 어찌 네 노력을 모르겠느냐? 누구보다 잘 알지."

양씨는 아들이 눈물을 보이자 같이 눈물을 보이며 다가서 안으며 말했다.

"하나 택아, 이 어미는 한 번도 네가 이 어미를 위해 살았으면 한 적이 없다."

"그게 무슨 말씀이세요? 어머니를 위해 살지 말라니?"

한택은 양씨의 말을 도저히 이해 못하겠다는 듯이 물었다.

"아직도 모르겠니? 어미가 바라는 것은 네가 네 인생을 사는 거란다. 어미에게 얽매이지 않고."

"제 인생을요?"

"세상 어느 어미가 어린 자식의 발목을 잡고 있는데 아파하지 않겠느냐? 이 어미 때문에 복수에만 사로잡혀 있는 네 모습을 뻔히 보면서 어찌 내 맘이 편하겠느냐?"

"어머니……."

"이 어미는 네가 진정 하고픈 일을 했으면 한단다."

"내가 하고픈 일……."

한택은 그제야 서연이나 어미가 하고픈 말을 알 수 있었다. 그리고 그동안 어리석은 삶을 살았음을 반성했다.

"죄송합니다, 어머니. 하지만 아직은 맘속의 복수를 지울 순 없을 것 같습니다. 다만 잊도록 노력할게요."

"그래, 천천히 하거라. 이 어미는 다만 네가 행복하였으면 한단다. 서로를 파괴하는 복수라는 단어 말고 사랑이란 단어를 찾았으면 하는구나."

"흑, 네, 어머니. 그러니 어머니도 제발 제 걱정은 떨쳐 버리세요. 이제 같이 살게 되었으니 건강도 생각하셔야죠."

"그래. 아들 말을 들으니 가슴속 체증이 확 내려가는구나. 아들 장가가서 손주 녀석까지 보려면 건강해야지. 근데 봐둔 처자는 있더냐?"

"그게……."

"오호, 있구나. 어느 댁 처자더냐? 나이는 몇 살이고?"

"그게 말입니다, 어머니. 아직… 사귀는 것은……."

오랜만에 만난 탓에 그동안 가슴속에 쌓아놓은 말을 다 꺼내자 모자는 이야기에 재미가 붙었다.

그 때문인지 서연을 신경 쓰지 못하고 둘이서만 대화를 이어나갔다.

그러나 서연은 그런 그들에게 전혀 서운하지 않았다.

그리고 새삼스럽게 전생에서 자주 듣던 '의원이란 병을 치료하는 것이 아니라 마음을 치료하는 것이다' 란 말이 떠올랐다.

그날 밤 기분 좋게 잠꼬대까지 하며 자고 있는 한택의 옆에서 서연은 다짐했다.

다음에 기회가 된다면 부모님께 자신의 꿈에 대해서 진지하게 이야기해 보겠다고.

왠지 이들 모자를 보니 부모님께 내가 진정 원하는 일이 무엇인지 알려 드릴 자신감이 생긴 것이다.

이윽고 서연 역시 한택을 따라 잠이 들었다.

그래서 서연은 알지 못했다.

자는 동안 서연의 단전에 잠들어 있던 천선기가 크게 늘어났음을.

그래봐야 좁쌀만 하던 게 콩알 정도 크기로 변했지만.

＊　　　＊　　　＊

청수각(淸水閣)은 선대 장주인 장일의 호를 따서 지어진 장가장에서 제일 큰 건물이다.

이런 청수각 건물 안쪽에서 한 소년이 입술을 쭉 내민 채 구시렁거리고 있었다.

"어, 오늘은 그래도 다행히 열 권밖에 안 되는구나. 서연아, 힘내자. 그나저나 할아버지는 서책을 얼마나 더 들여야 만족하실는지. 끝이 없이 들여오네."

서연이 청수각 안으로 들어가자 자신을 반기는 서책들을 보며 말했다.

이곳은 장일이 은거 시절부터 현재까지 수집한 서책을 모아둔 서고로 그 서책의 수는 근 삼만여 권에 달했다.

장일의 이런 서책 사랑은 유명했다.

과거 서달 장군과 함께 북경탈환작전에 학자인 그가 따라나섰던 이유가 전쟁 중에 타버리거나 분실될 책들이 걱정되어서였다니 목숨을 건 서책 사랑이라 할 만했다.

"하긴 이런 할아버지의 서책 사랑이 없었으면 난 태어나지도 못했겠지?"

서연 입장에서는 이런 장일의 서책 사랑 덕분에 그와 지금의 아버지가 만났고, 그로 인해 자신이 태어날 수 있었다.

고로 이런 서책 사랑에 감사해야 마땅했다.

그러나 서연은 이곳을 관리하고 나서부터는 그런 생각을 버렸다.

운공과 수련에 공부, 안 그래도 바쁜 일정의 서연인데 이곳 일까지 하기가 버거웠던 것이다.

원래는 총관인 아버지가 할 일이었으나 책과는 거리가 먼 그가 서책 관리를 제대로 하겠는가?

애써 모은 고서를 제대로 관리 못해 장일에게 혼나기 일쑤였다.

그 모습이 안타까워서 서연이 나섰다. 전생의 아버지 덕분에 이런 고서 관리하는 법을 알고 있었기 때문이다.

세준은 서연이 이렇게 고서 관리에 재능을 보이자 이내 서고의 관리를 맡겨 버렸다.

장일에게 서고 관리 때문에 당한 게 상당히 큰지 서연의 어린 나이는 안중에도 없었던 것이다.

서연은 그렇게 어릴 때부터 청수각을 관리해 오고 있었다.

다행히 아직까지는 처음 주변의 우려와는 달리 서고에 별다른 문제가 생기지 않았다.

잠시 과거 생각에 멍하니 있던 서연은 청수각으로 배달되어 온 십여 권의 책을 대충 훑어보았다.

그리고 목차에 맞게 정리하던 중 뒤에서 누군가가 다가오는 소리를 들을 수 있었다.

"형아! 형아!"

"웃차! 우리 율이 왔구나! 우리 율이, 그동안 형아 보고 싶었쪄?"

뒤에서 다가오는 사람이 누군지 알고 있던 듯 서연은 방긋 웃으며 꼬마를 안아 들었다.

서연에게 안긴 꼬마는 바로 장가장의 막내인 장율이었다.

장가장의 못 말릴 이기적인 유전자는 어린 순서부터 발휘되는지 율의 외모는 천상의 소동이라 불려도 무방했다.

"웅, 형아. 하늘만큼 많이 보고 싶었쪄."

"그래, 형아도 우리 율이 많이 보고 싶었어. 에고, 예뻐라! 흐흐."

"에고, 예뻐라. 흐흐"

서연이 자신을 많이 보고 싶었다는 율이의 이마에 머리를 대고는 도리도리하면서 말했다.

그러자 말투가 재밌는지 율이도 따라 말하며 웃었다.

"장율, 엄마가 그렇게 웃지 말라고 했지? 그리고 연이 너도 웃음소리 좀 고치렴. 이제 열다섯 먹은 꼬맹이가 무슨 아저씨 웃음소리를 내니?"

서연과 율!

두 천상의 미동의 만남을 흐뭇한 미소로 지켜보던 미부는 서연이 특유의 아저씨 웃음소리내자 그게 영 마음에 들지 않는지 말했다.

미부는 율이의 어머니이자 이 장가장의 안주인인 당예예였다.

"어서 오세요, 큰어머니. 당가에는 잘 다녀오셨어요? 할머니 건강은 좋아지셨다면서요?"

"그래, 네 덕분에 좋아졌구나. 너 말대로 올갱이 즙이랑 돼지근골탕이란 게 효과가 있더구나."

사실 장가장에서 매일 붙어 지내던 율이와 서연이 이리 반갑게 만나는 것은 근 한 달 만이다.

이는 율이의 외할머니이신 송씨의 건강 때문이었다.

무림오왕의 일인으로 암왕이라 불리는 율이 외할아버지와는 달리 할머니께서는 문인 집안 출신으로 무공을 일체 배우지 않았다.

그러한 까닭에 요 몇 년 자주 편찮으시곤 했는데 이번엔 갑자기 쓰러지신 것이다.

"당가의당에서 그렇게 약을 지어 올려도 차도가 없었는데 그깟 올갱이 즙이랑 돼지근골탕이 이렇게 효과가 있다니 참으로 놀랍더구나."

올갱이 즙은 다슬기를 갈아서 즙으로 만든 것을 말하고, 돼지근골탕이란 건 말은 그럴듯 하지만 돼지 사골에 산초를 넣고 끓인 사골국을 말한다.

서연은 송씨의 치료에 이것이 도움이 될 것 같아서 당가로 떠나는 당예예에게 권했었다.

두 음식 다 비타민B12와 철분, 칼슘 등이 많았는데 서연이 생각한 송씨 할머니의 병인 노인성 빈혈에 즉효가 있었다.

"헤헤, 효과가 있었다니 다행이에요."

처음 당예예는 이런 서연의 충고에 긴가민가했다.

그러나 의당에서 계속 약을 올려도 차도가 없었다.

물에 빠진 사람, 지푸라기 잡는 심경으로 서연이 말한 음식들을 올려본 것이었는데 어머니가 자리를 털고 일어난 것이다.

"특히나 의당주이신 숙부님께서 어찌나 널 찾으시던지 조만간 나랑 한번 당가에 다녀오자꾸나."

송씨 할머니가 자리를 털자 당가의당주인 당일수는 자신이 아직 어린 서연보다 못하다며 탄식했다.

그리고 묻고 싶은 게 많은지 당예예를 통해서 만남을 요청한 것이다.

"당가에요? 근데 요즘 할 일이 많아서요. 할아버지 아시잖아요. 그놈의 서책 사랑!"

"호호! 연이가 요즘 일거리가 많아서 힘든 모양이구나. 그나저나 그리 바쁜 연이 네가 언제 그렇게 의술을 익혔니?"

"뭘요. 그런 건 대단한 것도 아닌데."

"그게 대단치 않으면 당가의당의 책임자이신 숙부님은 뭐가 되니? 도대체 어디서 배운 거니?"

"아뇨. 그게… 이곳 관리를 하다 보면 이런저런 책이 들어오거든요. 평소 의술에 관심이 있는 거 아시잖아요."

"책? 어떤 책이니?"

"그게 그러니까… 제목이 뭐더라? 기억이……."

그런 당예예의 집요한 질문에 서연은 약간 주눅 든 표정으로 답했는데, 그러자 그녀는 아차 했다.

뭔가에 꽂히면 끝까지 파고들어야 직성이 풀리는 당가 특유의 성격이 나와서 서연을 놀라게 했다고 생각한 것이다.

더군다나 서연은 이제 열다섯. 덩치야 이젠 자신만 해졌지만 아직은 어린애였다.

'서연이랑 이야기하다 보면 나랑 비슷한 또래와 이야기하는 것 같다니까. 그나저나 서책이라……. 나중에 한번 살펴봐야겠구나.'

서연이 전생과 현생의 생을 합하면 자기 나이 또래란 걸 알지는 못하지만 여성 특유의 감각으로 서연에게 이상한 점을 느낀 당예예였다.

그러나 그건 어차피 추측일 뿐이다. 이내 미안함을 담으면서 말했다.

"호호, 미안. 괜히 연이를 추궁하는 것같이 되었네."

"아니에요. 헤헤,"

"그래, 이해해 주니 고맙구나. 아참, 네 덕분에 어머니가 일어나셨는데 아직 인사도 제대로 못했구나. 고맙다, 우리 조카!"

당예예가 고마움과 미안함이 섞인 용서를 서연에게 구했다.

그러자 갑자기 서연의 품에 조용히 안겨 있던 율이가 내려서서는 외쳤다.

"아니야!"

"우리 율이, 뭐가 아니야?"

"그래, 율아. 뭐가 아니란 말이니?"

당예예와 서연은 갑자기 율이가 아니라고 외치자 무슨 말인지 궁금해서 물었다.

"형아가 할머니 병 낫게 한 게 아니란 말이야!"

"그럼 할머니 병을 누가 낫게 한 거야?"

"율이야! 웅, 율이가 낫게 해써."

'엥?'

'웅?'

생각지도 못한 율이의 대답에 서연과 당예예는 당황스러웠다.

그러나 그것도 잠시, 뿌듯해하며 배를 툭하니 내밀고 말하는 율이의 모습이 너무나 귀여워 당예예가 웃으며 물었다.

"호호, 우리 율이가 정말 할머니 낫게 했니?"

"응. 그게 할머니가 머리 아프대서 율이가 이마에 '할머니 호!' 했거든. 그러니 할머니가 다 나았댔쪄. 그러니 형아가 낫게 한 거 아니야!"

율이의 천진난만한 대답에 서연은 절로 큰 웃음이 터져 나왔다.

"하하! 그래, 맞아. 율이가 할머니 낫게 했구나."

"호호, 우리 율이 장하네?"

서연이랑 당예예가 그런 율이의 머리를 쓰다듬으며 말하자 율이는 더욱 기가 살았다.

"응! 할머니께서 우리 율이가 보약이네 그랬쪄. 헤헤."

"하하! 그래, 율이가 보약이고말고. 보약도 상보약이지."

"호호호!"

율이의 귀여운 모습에 항시 조용하던 청수각에 간만에 웃음소리가 퍼져 울렸다.

*　　　*　　　*

청수각 내실.

서연은 청수각의 입구에서 만난 당예예와 율 모자를 내실로 안내했다.

내실에서 평소 즐겨 마시던 녹차를 대접한 후 서연은 궁금증이 일어 물었다.

"그나저나 저를 그냥 부르시면 될 일인데 어떻게 이곳까지 오셨어요?"

평소 매캐한 책 냄새를 그리 좋아하지 않는 당예예이다. 그래서 그녀가 청수각으로 발걸음을 옮기는 일은 흔한 일이 아니었다.

그런데 이곳까지 온 것을 보니 뭔가 특별한 이유가 있어 보였고, 그래서 물어볼 수밖에 없는 서연이다.

"아, 맞다. 율이 때문에 이걸 잊고 있었구나. 이걸 받으렴."

"이게 뭐예요?"

당예예는 뭔가를 까먹었다는 듯 머리를 한 대 치며 서연에게 웬 상자 하나를 건넸다.

"한번 열어보렴."

열어보라는 당예예의 말에 서연이 상자를 열자 반기는 것은 왠지 새하얀 백의와 영웅건이었다.

"웬 옷이에요? 오! 이건 청색 영웅건이네요?"

"호호, 엄마가 네 덕에 나으니 아버지께서 매우 고마워하시더구나. 그래서 우리 조카에게 옷이라도 한 벌 해주라고 했지, 뭐."

"아, 그래서 이걸 주신 거예요?"

"그래. 그 옷이 그저 그래 보여도 귀한 것이란다. 흑면지주의 실을 뽑아서 만든 옷이거든."

"흑면지주라면 독거미잖아요. 한데 거미줄로 옷을 만들 수도 있나요?"

흑면지주는 꽤 강력한 독물로 서연도 그에 대해선 조금은 알고 있었다.

한데 흑면지주의 거미줄로 옷을 만든다는 것은 생시 초문이다.

"그래, 흑면지주의 거미줄에 특수한 약품을 섞으면 매우 질긴 실로 변한단다. 당가에선 그 실을 설주사(雪蛛絲)라 부른지."

"설주사라니 처음 들어보네요."

"당가에서도 한 해 얻는 양이 그리 많지 않단다. 당연히 외부엔 잘 알려지지 않을 수밖에 없지."

"아, 그럼 매우 귀한 거네요?"

"호호! 그래, 귀하지. 왜냐하면 이런 설주사는 매우 질겨서 옷으로 만들면 도검 불침의 효과가 있기 때문이란다."

"와! 도검 불침이라면 칼로 찔려도 안 찢어진다는 거예요?"

"그래. 그래서 당가에선 아직 무공이 약한 아이들 호신용으로 많이 입힌단다."

"아, 그럼 이 옷은?"

"그래. 훈이가 어릴 적 입던 옷이다. 왜 남이 입던 옷이라니 싫니?"

여기서 당예예가 말하는 훈은 당훈으로 당가주의 첫째 아들이다.

올해 이십오 세로 강호칠룡 중의 하나로 독룡이라 불리는 절정고수이다.

"아니요. 완전 새 옷 같은데요. 그나저나 매우 귀한 것 같은데 저한테 줘도 돼요?

"그만큼 아버지께서 네게 고마워하신 게지. 한번 입어보아라. 당가에서 대충 눈대중으로 수선했는데 네게 맞을지 모르겠구나."

"넵. 갈아입고 올게요."

서연은 상자를 들고선 잠시 방에서 나갔다.

그리고 차 한 잔 마실 시각이 지나자 백의에 청색 영웅건을 한 서연이 천상의 미동 같은 모습으로 돌아왔다.

"오, 잘 어울리네. 내 눈대중이 잘 맞았구나. 그치, 율아?"

"응. 형아, 예뽀! 예뽀!"

"그럴 땐 형아 멋있어 해야지."

"음… 응… 형아 머싯써, 머싯써."

"하하! 율아, 형아 정말 멋있어?"

"응. 세상에서 형아가 젤로 머싯써."

"하하하! 큰어머니, 옷이 잘 맞네요. 또 설주사란 게 생각보단 재질도 부드럽고 편한데요. 감사합니다."

첨엔 남이 입던 옷이란 말에 조금 찝찝했다.

그러나 모양새도 괜찮고 질감도 생각보다 맘에 들어 절로 감사의 인사가 나왔다.

"호호, 맘에 든다니 다행이구나. 근데 무복의 형태라 학사 같진 않고 딱 강호의 새로 출두하는 신인 같구나."

원래 당훈이 무복으로 입던 옷이었다.

그러니 옷을 입은 서연의 모습이 강호의 어린 무사 같을 수밖에.

"강호의 신인이 맞죠. 저도 암왕 할아버지가 주신 운공법을 수련하고 있다고요."

"아버지가 주신 운공법이라면 하늘의 기운을 느껴라 하는 거 말하는 거니? 그걸 아직도 수련하고 있니?"

"네. 지난 삼 년 동안 수련하고 있으니 저도 따지고 보면 강호의 신인이죠, 뭐."

"어머머, 그걸 아직도 수련하고 있니? 아무도 해석 못해서 당가에서도 포기한 운공법인데."

"네? 그게 무슨 말이세요?"

"아차! 호호, 비밀인데. 실은 말이다."

당예예는 그제야 서연에게 어떻게 그 운공법이 넘어갔는지 설명했다.

"그러니까 암왕 할아버지랑 할아버지께서 짜고 그걸 저에게 넘겼다 이 말이에요?"

"호호. 그래. 너무 서운해 말거라. 그게 다 널 생각해서 그런 거니. 혈도가 약한 사람은 운공법을 익히다가 목숨을 잃는 경우도 많단다."

"전 그것도 모르고 지난 삼 년 동안 자질이 없나 하고 자책만 하고 지냈다구요."

서연은 지난 삼 년 동안의 고생을 생각하니 눈물이 앞을 가렸다.

그게 다 할아버지의 술수였다니.

'그나마 천선기를 익혀서 다행이지. 아참, 이참에 운공법 후편에 대해 알아보자.'

"아, 큰어머니, 근데 암왕 할아버지는 그 운공법이 적힌 목간을 어디서 구했어요? 당가와는 관련이 없는 거 같은데."

"아, 그거? 아버지가 젊었을 적에 구한 거야. 재미있는 사연이 많아서 당가에서 유명하지. 그 목간."

"재미있는 사연이라고요? 어떻게 구한 건지 좀 알려주시면 안 돼요?"

당예예는 서연이 눈을 초롱초롱 빛내며 묻자 당시의 일을 이야기했다.

그녀의 말에 따르면 암왕이 강호에서 천수암왕이라 불리며 칭송 받는 건 십오 년 전 잔혈마라는 유명한 마두를 처단해서라고 했다.

그러나 이런 암왕과 잔혈마 간의 구원이 사십 년 전부터 이어졌음을 아는 사람은 적었다.

발단은 사십 년 전 강호 초출의 암왕이 우연히 만난 잔혈마에 크게 당해서 쫓긴 것에 있었다.

당시 암왕은 그를 호위하던 당가의 무사들마저 다 잃고 정신없이 쫓겼는데 도주 중 우연히 발견한 작은 토굴이 없었다면 목숨을 잃었을지도 몰랐다고 한다.

목간은 바로 그 우연히 발견한 토굴에서 얻은 것이다. 그곳에는 이 목간과 작은 자기병이 있었다고 한다.

"오, 무슨 영약이었겠군요? 공청석유였나요? 아니면 지심천약수? 뭐였어요? 혹시 아직 남아 있나요? 설마 그때 다 드신 건 아니죠?"

자기병이란 말에 서연이 갑자기 상상의 날개를 펴며 달려

들었다.

마치 암왕이 발견한 것이 영약이라고 확신하는 듯하다. 그러나 당예예의 말은 그의 기대와는 달랐다.

"술."

"네? 술 자 들어가는 영약이 있었나? 뭐였다고요?"

서연이 아직도 공상의 날개에 파묻혀 묻자 당예예는 한숨을 쉬더니 말했다.

"술이었다고. 그것도 꽤 시간이 지나 묵어 발효된 썩은 술! 여하튼 생각하는 게 너도 아버지랑 똑같구나. 호호호!"

"네? 우웩! 썩은 술이라고요?"

"그래, 썩은 술. 아버지도 그게 영약인 줄 알고 냉큼 마셨다는데 너도 딱 그 짝이구나. 아니, 아버진 더하신가? 그 썩은 술을 마시곤 삼 일 동안 배탈과 사투를 벌리면서도 운기를 멈추지 않으셨다던데."

서연은 혹시 그 영약이란 놈이 남았다면 조금 얻어 먹어볼까 하는 생각이 들어 기대했지만 실망할 수밖에 없었다.

이놈의 천선기가 당최 늘어날 생각을 안 하기에 영약의 도움이라도 한번 받아볼까 하는 생각이 컸던 것이다.

비록 며칠 전에 알 수 없는 이유로 급격하게 늘어(?) 이제 콩알만 해졌지만 그 후로는 또 전혀 늘지 않는 상황이다.

"음, 아쉽네요. 영약이 있었으면 좀 얻어볼까 했는데……."

"그때가 사십 년 전인데 영약이 남아 있겠니? 그리고 내공을 얻으려면 그만한 노력을 해야지 그렇게 공짜 좋아하다가는 머리 벗겨진다. 네 아버지처럼."

"헉, 악담도 그런 악담을. 아버지는 아버지고 전 저라구요. 절대로 그렇게는 안 돼요."

요즘 서연의 가장 큰 고민이 이것이다.

서연의 아버지인 장가장의 총관 문세준은 계속 앞머리가 빠지더니 어느 샌가 머리 절반이 사라진 것이다.

우락부락한 외모 탓에 별 볼품이 없던 그는 머리까지 빠지자 어머니인 수향에게 요즘 들어 갈굼을 당하고 있는 형편이었다.

한 남자의 몰락을 가장 옆에서 지켜본 서연.

그로서는 설마 유전은 아니겠지 하면서도 탈모에 좋다는 음식이란 음식은 다 섭취하고 있었다.

"하여튼 그럼 그 술이랑 같이 있던 상자에 바로 목간이 있었군요. 그런데 그거 하나뿐이었나요?"

서연은 혹시나 다른 것이 있었나 해서 물어보았다.

"글쎄다. 내 기억엔 딴 건 모르겠구나."

"네, 그렇군요. 에휴."

"웬 한숨이니? 그나저나 왜 이렇게 그 운공법에 대해 꼬치꼬치 묻니? 혹시 하늘의 기인가 하는 거 느낀 거니?"

당예예는 서연이 계속 그 부분에 대해 묻자 혹시나 해서 물었다.

"아뇨. 그냥… 궁금해서요. 내가 배운 운공법과 관련된 다른 것이 있으면 하늘의 기란걸 더 잘 느낄 수 있지 않을까 해서요."

"호호, 그냥 포기하렴. 당가에서 오랫동안 연구하다가 결국 묻힌 거란다. 그런데 진짜 느낀 건 아니지?"

당예예는 호기심에 눈빛을 빛내며 다시 물었다.

"헐, 아니에요. 그나저나 그다음은 어찌 되었나요? 운기를 한 후엔?"

"뭐 별거 있겠니? 썩은 술 때문에 배탈과 사투를 벌리시고 겨우 당가로 돌아오셨지. 목간을 들고 말이야."

"그랬군요. 그나저나 후에 그 토굴에 대해선 다시 조사하지 않았나요?"

당예예의 말에 서연은 제일 관심이 가는 목간에 대해 물었다.

"나도 모른단다. 자기 안의 물이 썩은 술로 판명이 나고 목간 역시 그리 중요한 게 아니니 네게 준 게 아니겠니. 토굴까지 조사했는지는 나도 모르겠구나."

"그렇군요. 그거 말고는 특이점이 없었나요?"

"글쎄다. 아! 그러고 보니 이상한 게 있긴 하구나. 전에 아버님께서 목간을 얻은 장소에 대해 한번 물어보신 적이 있었지."

"우리 장 할아버지께서요?"

"그래, 우리 아버님. 토굴에 대해 한번 물어보신 적이 있단다."

"그래요? 할아버지께서 토굴에 관해 물으셨다? 음."

"왜 그러니?"

"아니에요. 그냥 할아버지께서 토굴에 관심을 가지신다니 저도 관심이 생겨서요. 흐흐."

당예예는 자신의 말에 서연이 짐짓 심각한 표정을 짓자 궁금해 물었다.

그러자 서연은 아무런 일 없다는 듯 특유의 아저씨 웃음소리를 내며 사태를 무마시켰다.

그러나 머릿속은 복잡해질 수밖에 없었다.

이는 목간에 대해 장일이 관심을 보인 것이 요 몇 달 장일과 장섭의 이상 행동과 관련된 것이 아닌가 하는 의심이 든 탓이다.

"생겨서요. 흐흐."

"또 그런 웃음소리!"

서연이 이런 고심은 금세 깨졌다.

당예예와 서연의 긴 대화에 지루함을 느끼던 율이가 서연의 웃음을 재미있다고 따라 한 탓이다.

물론 그 웃음소리에 당예예는 폭발했고, 서연과 율은 머리가 아플 정도로 잔소릴 들어야 했다.

이상이 어느 나른한 오후 청수각에서 일어난 일이다.

第六章

장가장은 장주 식솔이 거주하는 내원과 나머지 식솔들이 거주하는 외원으로 나눠졌다.

그런 외원의 한 전각에서는 부부로 보이는 남녀와 그들의 아들로 보이는 한 소년이 식탁에 앉아 식사 중이었다.

"허락해 주세요. 어머니."

"절대로 안 되니 그리 알거라. 아들!"

서연은 어제 비로소 근 석 달 동안 끌어오던 장일과의 내기를 끝낼 수가 있었다. 그건 태원에 간 상 의원이 돌아온 탓이다.

내기의 승자는 당연히 서연으로 장일은 그의 의술적 자질을 인정하고 서연의 부모를 설득하는 일에 도움을 주기로 약속했다.

장일의 허락은 받았지만 서연에겐 아직 세준과 수향이라는 난관이 있었다.

아침부터 모자가 이렇게 언쟁을 일으키는 것은 바로 이 때문이었다.

장일과의 내기가 끝나자 서연은 전에 한택의 집에서 다짐한 대로 부모님께 자신의 꿈을 알렸고, 예상대로 수향과 세준의 반대에 부딪친 것이다.

"의원이 되는 게 제 꿈이에요. 허락해 주세요."

"엄마는 싫다고 말했다. 왜 편한 길을 놔두고 어려운 길을 선택하겠다는 거니?"

"그만하시구려. 연이도 무슨 생각이 있어서 저러는 것일 터, 한번 들어나 봅시다."

서연의 애원에도 불구하고 수향이 막무가내로 반대하는 것이 맘에 안 든 듯 세준이 둘 사이에 끼어들었다.

"말도 안 돼요. 당신, 무슨 소리를 하는 거예요?"

"연이 녀석이 비록 나이는 어리다 해도 여태껏 허튼소리 한번 안 한 아이이지 않소. 열두 살 때부터 해온 청수각의 관리도 나보다 더 잘하고 있고."

"아무리 그래도 그렇지요. 그래, 들어나 보자. 도대체 왜 갑자기 의원이 되고자 하니? 여태껏 공부해 온 게 아깝지도 않니?"

"그래, 그건 나도 궁금하구나. 왜 갑자기 의원이 되고자 하느냐?"

세준은 수향이 어느 정도 진정된 듯하자 서연이 어째서 갑자기 이런 이야기를 꺼냈는지 궁금해졌다.

"음, 그게……."

서연은 세준의 물음에 답하려다 말고 잠시 머뭇거렸다.

그도 그럴 것이, 전생에서부터 꿈이 의원이었다고 말하기도 난감하지 않은가?

'내가 왜 의원이 되고자 했지? 단순히 허준이란 드라마가 멋져서? 아니야. 드라마와 현실이 다르다는 것은 전생에서 충분히 느꼈잖아.'

막연히 허준이란 드라마가 멋져 보여서 선택한 한의예과이다.

그러나 막상 대학에 입학하고 배움에 임할수록 그런 자신을 반성했다.

생명이 가지는 무게란 결코 가볍지 않았다.

특히 본과를 졸업하고 인턴 생활을 시작하며 첨으로 환자를 잃었을 때엔 진정 도망치고 싶은 맘뿐이었다.

대체 왜 내가 이 직업을 택했을까 하며 얼마나 고민했던가?

솔직히 한의사가 되어서 즐거웠던 기억보단 고통스런 기억이 더 많았다.

'그래도 포기하진 않았지. 오히려 오기가 생겼고, 한의학의 한계에 고민하기보단 극복하고자 했어.'

인턴 생활을 하면서 많은 죽음을 보며 힘들어했던 서연이 한의학의 한계를 비로소 느낀 건 바로 교통사고 현장에서였다.

자신의 눈앞에서 일어난 사고.

그리고 일곱 살은 되었을까 하는 작은 아이의 죽음.

그 사고 현장에서 서연은 아무것도 할 수 없었다.

한의학의 특성상 이런 응급 상황에서 할 수 있는 게 적었던 것이다.

만약 서연이 노련한 전문의였다면 뭔가를 할 수 있었을지도 모른다.

그러나 당시 그는 미숙한 인턴이었다. 눈앞에서 사그라지는 생명을 바라보고 있을 수밖에 없었던 것이다.

'그 이후 인턴을 때려치우고 외도를 해서 배운 것이 응급치료학이었지. 당시엔 환자를 살리는 거라면 뭐든 배우고 싶었어. 제대로 배우기 전에 내가 먼저 죽을지도 모르지만. 그러고 보니 난 한의학도 양의학도 제대로 배운 게 없구나. 왜 그렇게 난리를 피웠을까?

학과를 옮긴 탓에 오히려 한의학도 양의학도 제대로 깊이 배우지는 못한 서연이다.

한의학이라고 해봐야 인턴 생활 잠시 한 게 전부이고 재수해서 들어간 의예과는 본과도 제대로 마치지 못했다.

한의사였던 이력 때문에 본과 시절 다른 동기들이 못한 특별한 경험을 하긴 했지만 그렇다고 그게 실력 상승과 연관되지는 못했다.

잠시 그렇게 전생을 떠올리던 서연은 왜 그렇게까지 포기하지 않고 양쪽 의학을 다 배우고자 했는지 고민했다.

그러자 문득 떠오르는 것이 있었다.

"제가 의원이 되고자 하는 이유는 어머니 때문입니다."

"나 때문이라고?"

수향은 고민하던 서연이 자신 때문이라고 답하자 의아해했다.

자신이 뭘 했기에 서연이 그런 대답을 한 것인지 이해할 수 없었던 것이다.

"네! 오 년 전 제가 깨어났을 때 기억하세요?"

"당연하지. 그걸 어떻게 잊을 수 있겠니. 내 인생에서 가장 기뻤던 순간 중 하나인데."

"막 깨어나서 정신이 없던 제가 유독 또렷이 기억하는 게 있어요. 그게 뭔지 아세요?"

"글쎄다. 그게 뭐니?"

"바로 그때 어머니가 보여주셨던 미소예요. 막 깨어난 저 바라보시던 얼굴이 또렷이 기억나요. 눈에는 눈물이 촉촉하셨지만 입가엔 미소를 짓고 계셨죠. 막 깨어난 제가 봐도 그때 어머니는 정말 기뻐하고 계셨어요."

"호호! 그랬지. 당연하잖니. 우리 연이가 오 년 만에 깨어난 날인데 이 엄마가 얼마나 기뻤겠니?"

당시의 상황이 떠오르자 수향은 좀 전까지 노여워하던 감정이 사라진 듯 웃음을 보였다.

앞서 말한 대로 서연이 깨어날 당시의 기억은 그녀의 인생에서 가장 기뻤던 일 중에 하나이다.

그때의 기억이 떠오르자 절로 기분이 풀린 것이다.

"바로 그거예요. 제가 의원이 되고자 하는 이유요. 그때 어머니가 지었던 그 기쁨을 좀 더 많은 사람에게 나눠 주고 싶기 때문이에요. 환자를 치료하고 환자와 그 보호자가 짓게 될 흐뭇한 미소. 전 그게 너무나 보고 싶어요."

"그랬구나. 우리 아들이 그래서 의원이 되고 싶었구나."

수향은 그런 서연의 말에 뭔가 뭉클했다.

당시 얼마나 기뻤던가?

그런 기쁨을 좀 더 많은 사람에게 나눠 준다고 생각하니 의원이란 직업이 자신이 아들에게 바라던 관리란 직업보다 전혀 못해 보이지 않았다.

수향은 그렇게 잠시 생각에 빠져 있었다.

그런 수향을 바라보는 서연의 눈에 과거의 한 영상이 떠올랐다.

'선생님, 감사합니다.'

다름 아닌 전생에서 자신이 처음 담당했던 환자가 퇴원하며 보호자와 함께 미소를 짓던 모습이다.

"흠흠. 당신의 미소 때문이라니 연이가 어느새 이리 컸구려."

둘의 대화에 뭔가를 느낀 세준은 대견한 듯 서연을 쳐다보았다.

"그러게요. 마냥 아기인 줄 알았는데 어느새 이리 컸네요. 이런 이유라면 전 허락하고 싶은데 당신은 어떠세요?"

세준의 말에 수향도 동의하는지 그녀 역시 서연을 대견하게 쳐다보며 말했다.

"연이의 대답을 들어보니 단순하게 갑자기 의원이 되겠다고 정한 건 아닌 것 같구려. 나도 의원이 된다는 것에 반대는 없소. 그러나 연아, 이 아비는 몇 가지 걱정되는 것이 있구나."

"아버지, 그게 뭔가요?"

서연은 두 분이 생각보다 쉽게 허락을 해주시자 기뻤다.

그러나 세준의 걱정된다는 말에는 의문점이 들 수밖에 없었다.

"첫째는 의원이 되고자 한다는데 과연 연이 네게 의원의 자질이 있느냐는 점이다. 의원은 사람의 생명을 다루는 직업이다. 네가 아무리 되고 싶다고 하나 그 자질이 없다면 아니함만 못하지 않느냐."

"아!"

세준의 날카로운 말에 서연은 감탄했다. 그러나 이 감탄은 세준이 말한 걱정거리 때문이 아니었다.

전생에서 해온 것도 있고 또 천선기까지 있는 상황이다. 충분히 자신에게 의원의 자질이 있다고 여기는 서연이다.

서연이 감탄한 것은 오히려 다른 이유 때문인데, 바로 평소 흐리멍덩하기 그지없던 세준이 날카로운 의견을 내놓자 놀란 탓이다.

"연이도 그게 걱정인 모양이구나. 하지만 걱정 말거라. 우리 연이가 어떤 아들인데 의원의 자질이 없을까? 그런데 당신, 첫 번째 걱정이라면 두 번째도 있다는 건가요?"

수향은 그런 서연의 감탄을 다르게 느낀 모양이다.

그래서인지 서연에게 자신감을 심어주는 말을 건네며 반문했다.

"그렇소. 두 번째 걱정은 연이의 공부에 관한 것이오. 의술이란 게 글로써 배우기엔 한계가 있는 법이오. 그렇다면 연이를 이끌어줄 스승이 필요하지 않겠소. 연이는 이에 생각한 게 있느냐?"

"아!"

이번에 서연이 내지른 감탄은 앞의 것과는 달랐다.

생각해 보니 자신은 의원이 된답시고 막연히 의서를 통해서 배우면 되겠구나 생각해 온 탓이다.

전생의 경험도 있으니 독학으로 충분하다고 여긴 것이다. 하지만 다시 생각해 보니 세준의 말이 옳았던 것이다.

'아, 생각이 짧았구나. 의술을 펼치면서 젤 삼가야 할 것이 자만심인데 내가 잊고 있었네. 그나저나 할아버지는 왜 이렇게 안 오시지?'

세준의 걱정에 대한 대답이 궁해지자 서연은 이내 부모님의 설득을 도와주겠다던 장일을 떠올렸다.

막연하게 장일이라면 자신과 달리 두 분의 걱정거리를 씻어줄 수 있을 거라고 느낀 탓이다.

그때였다.

"아들의 일이라 그런지 평소와는 다르게 세준이가 제법 날카로운 면을 보이는구나."

서연의 바람을 듣기라도 한 것인지 장일의 목소리가 들려
왔다.

"아버님, 여긴 어쩐 일이세요?"

"아침부터 장가장이 흔들릴 정도로 향이 네 목소리가 쩌렁
쩌렁 울리는데 내 어찌 안 찾아올 수가 있겠느냐?"

"어머나? 정말 제 목소리가 아버님 처소까지 들렸나요?"

서연과의 논쟁 때 자신도 모르게 큰 소리를 낸 수향이었
다.

그 목소리가 장일의 처소에까지 울렸다니 수향은 절로 얼
굴을 붉힐 수밖에 없었다.

"허허, 네 목소리가 아무리 크다고 해도 내 거처에까지 들
렸겠느냐? 연이 녀석에 관해 할 말이 있어 찾아오는 중에 들
은 것이니 너무 부끄러워 말거라."

장일은 수향이 부끄러워하자 웃으며 말했다.

"아니, 그런 일이라면 저희를 부르시면 될 일인데 어찌 여
기까지 오셨습니까?"

요 몇 년 관절염이 오는지 무릎이 안 좋은 장일인지라 이곳
까지 온 것이 걱정이 된 듯 세준이 물었다.

"내가 오면 될 일을 괜히 너희 세 명 다 부를 이유가 없지
않느냐. 더군다나 무릎이라면 서연이 덕분에 많이 좋아졌구

나."

"네? 서연이 덕분이라뇨? 그게 무슨 말씀이십니까?"

"말 그대로란다. 서연이 덕분에 내 무릎이 좋아졌단다. 다시 말하면 서연이가 내 무릎을 호전시킨 게지."

"정말이십니까? 우리 연이가 아버님을 무릎을……. 그럼 혹시 아버님께선 연이에 관해 미리 알고 계셨던 것입니까?"

세준은 서연이 장일의 무릎을 치료했다는 말에 놀랐다.

"실은 말이다, 내가 서연이의 꿈에 대해 안 것은 벌써 몇 달이 지났구나. 아마 회시 공고 때문에 현령이 찾아왔을 때지."

세준의 물음에 장일은 몇 달 전 서연과 청수각에서 나눈 이야기를 부부에게 전했다.

"그 말이 사실이라면 저희가 연이를 위험에 빠뜨릴 뻔했군요."

"그러게 말이에요. 저는 관직에 들면 마냥 좋을 줄만 같았는데 오히려 연이를 위험에 빠뜨릴 뻔하다니. 아버님 생각도 연이랑 같으신가요?"

장일이 우선 부부에게 꺼낸 말은 조정 상황에 대한 것이었다.

두 부부가 서연이 의원이 되는 것을 허락했다고 해도 분명 아쉬움이 남을 터였다.

그렇다면 조정 상황을 알려 부부에게 미련을 버리게 하는 것이 나왔다.

"내 의견이라면 연이랑 같구나."

"그렇군요. 그런데 연이가 아버님을 치료했다니 그건 어찌된 일입니까?"

수향과 세준은 장일마저 조정의 상황을 그리 예측하자 관직에 대한 미련은 깨끗이 비웠다. 그러자 이내 장일의 무릎에 관한 것이 궁금해졌다.

"앞서 말한 대로 연이랑 나는 내기를 했단다. 그 내기는 바로 연이의 의원으로서의 자질을 알아보는 것이었지."

"연이의 자질이라니, 그게 혹시 아버님의 무릎을 치료하는 것이었나요?"

"그렇단다. 그리고 난 연이에게 의술에 상당한 재능이 있다고 말하고 싶구나."

"아니, 아버님께서 칭찬할 정도입니까?"

세준은 장일의 칭찬에 매우 놀랐다.

그가 오랫동안 봐온 장일은 학사 특유의 고집이 있어 칭찬에 매우 인색한 사람임을 알기 때문이다.

"그래, 이 내가 칭찬할 정도이더구나. 그러니 네 첫 번째 걱정거리인 자질 문제는 잊어도 좋을 게야."

"대체 연이가 어찌했기에 아버님께서 이리 말씀을 하시는 겁니까? 혹시 연이가 대단한 침술이라도 익힌 겁니까?"

"그래, 처음엔 침을 놓더구나. 내 비록 의원은 아니지만 의원질하는 친우가 있어 침술은 조금 볼 줄 안다. 기본적인 침술인데도 그 효과가 매우 좋더구나."

장일은 분명 기본 침술임에도 불구하고 자신의 무릎의 치료 시에 그 효과가 상당했던 걸 기억하고 있다.

"그렇다면 그 침술을 보고 재능을 평가하신 겁니까?"

"아니다. 침술이 비록 효과가 있었지만 서연이가 내 관절염 치료에 거창하게 침술을 쓴다거나 했다면 난 인정하지 않았을 것이다."

"그럼 고급 약재라도 쓴 겁니까?"

세준은 침술도 아니라는 말에 물었다.

"고급 약재는 무슨, 그냥 홍화씨였다. 연이는 다른 치료는 않고 그냥 홍화씨로 만든 홍화씨 차를 권하더구나."

"네? 고작 홍화씨요?"

"그래, 서연이가 나하게 권한 거라곤 홍화씨 차랑 하루에 일다경씩 걷기 운동을 해야 한다면서 같이한 산보뿐이란다."

"어찌 그런 것으로 효과가? 비싼 약재도 아닌데?"

"고급 약재를 썼다면 내가 어찌 인정했겠느냐? 내가 연이에게 놀란 건 주변에서 흔히 볼 수 있는 값싼 것들로 처방을 내린 점이란다."

장일이 서연에게 놀란 것은 주변에서 흔히 볼 수 있는 것들로 처방을 내린 탓이다.

자신뿐만 아니라 사돈댁의 큰부인도 서연이 권한 음식으로 치료한 전과가 있지 않은가?

장일은 그런 서연의 의술 지식에 내심 놀란 것이다.

"그러나 그건 아버님 병에 탁월한 음식을 우연히 알아서 처방한 것일 수도 있잖아요. 홍화씨 하나로 서연이의 재능을 평가한다니 신용할 수 없어요."

장일의 말에 이번에는 수향이 말했다.

그녀는 아직도 서연이 생각보다 깊은 의술 지식을 지녔다는 것을 믿기 어려웠다.

"향이 네 말도 옳다. 그래서 다른 시험을 내렸지."

"시험이라뇨?"

장일의 말에 수향이 물었다.

"너희도 알다시피 몇 달 전 상 의원이 태원으로 길을 떠났지 않으냐. 그동안에 서연에게 마을의 환자들을 치료하게 했단다."

"정말이세요? 그래서 치료는 어찌 되었나요?"

"마을에 있는 환자뿐만 아니라 상 의원도 어려워한 만성 환자들까지 싹 다 치료했더구나."

"그게 정말이세요?"

싹 다 치료되었다는 장일의 대답에 수향이 놀랐다.

그도 그럴 것이, 상 의원은 천수의가의 제자로 그 실력이 만만치 않음을 잘 알고 있기 때문이다.

그런 그가 어려워한 병자까지 치료하다니 그녀로선 서연의 재능에 놀랄 수밖에 없었다.

"아, 그 치료했다는 환자가 오씨네 손주랑 천씨 아저씨입니까?"

세준은 장일을 말에 뭔가가 떠오르는지 장일에게 물었다.

몇 년째 골골대던 천씨와 기침이 심하던 오씨네 손자가 멀쩡히 돌아다는 것을 보며 놀란 기억이 있기 때문이다.

"그렇단다. 거기에 더해 얼마 전엔 훈장질하던 한 학사의 어머니 진심통까지 치료했더구나."

"아니, 진심통이라면 큰 병이 아닙니까?"

"그렇지. 그런데 이런 병에도 값비싼 약재가 아니라 주변에서 흔히 보는 것들로 처방을 내렸더구나. 이러니 내가 어찌 인정하지 않을 수 있겠느냐?"

"아, 연이에게 그런… 재능이……."

세준은 아들에게 큰 재능이 있음을 깨달았다.

"의부님 말씀을 들어보니 연이가 의술에도 큰 재능과 지식이 있음을 알게 되었습니다. 하지만 제 걱정거리는 두 가지였습니다. 과연 연이를 가르칠 스승을 어찌 찾을지……."

세준은 장일을 말을 듣자 정말 서연이 의원을 해도 괜찮겠구나 하는 생각이 들었다.

이는 연이가 왜 그렇게 흔한 약재로 처방을 내렸는지 알 만
했기 때문이다.

비록 장가장에서 많이 도와준다고 하지만 소작농의 생활
이 어찌 편하겠는가?

아마 그들의 사정을 살핀 것이 틀림없었다.

그런 서연의 세세한 마음가짐에 세준은 절로 인정하는 맘
이 생긴 것이다.

하지만 첫 번째 걱정거리가 해결되었을 뿐이다. 아직 두 번
째 걱정거리가 남아 있었다.

"그것 역시 걱정 말거라. 내 연이의 스승이 될 만한 이를
알고 있단다."

"정말이십니까?"

"대체 누군가요? 제 스승이 될 분이라니……."

장일의 말에 세준과 서연이 동시에 물었다.

장일이 추천하는 이라면 충분히 서연을 가르칠 만하다 여
긴 탓이다. 그러니 당연히 그가 누군지 궁금할 수밖에 없었
다.

"너희는 혹시 삼대신의에 대해서 들어본 적이 있느냐?"

"삼대신의라고 하시면 신의(神醫), 마의(魔醫), 괴의(怪醫)를
말씀하시는 것이 아닙니까?"

"그래. 신의 천수만, 마의 마독량, 그리고 괴의라고 불리는 우문산 그 세 명을 말함이지."

"그런데 왜 갑자기 삼대신의에 관한 이야기를 꺼내시는 겁니까?"

"내겐 의원질하는 친우가 있는데 그가 바로 괴의 우문산이다. 의술을 배운다면 최고에게 배워야 하지 않겠느냐? 그래서 서연이를 그에게 보냈으면 해서 하는 말이다."

"네? 그분에게 보낸다고요?"

"천하를 방랑하던 녀석이 오 년 전부터 여산의 한 자락에 자리 잡고 있단다. 이곳에서 여산이 그리 멀다고만 할 수도 없으니 괜찮지 않겠느냐?"

"음, 삼대신의라고 불리는 분이라면 충분히 연이의 스승이 될 만하겠군요. 연이 네 생각은 어떠니?"

수향은 그런 장일의 제안을 긍정적으로 받아들이는 듯 보였다.

하지만 당사자는 서연이기에 그의 생각을 물었다.

"괴의라면 그 의술로 돈 거래를 한다는 사람이잖아요? 정녕 뛰어난 의원이 맞나요?"

서연도 관심 분야이기에 풍문으로 삼대신의에 관한 소문을 줄곧 듣고 있었다. 그중에서 괴의에 대한 소문은 별로 좋지 않았다.

이는 그가 지독한 돈벌레로 의술을 펼치고 그 대가를 비싸게 받기로 유명했기 때문이다.

"연이 말대로 녀석에 대해 돈벌레 의원이니 돈에 영혼을 팔았다니 하는 말이 있는 걸로 안다. 그러나 내가 아는 한 그는 결코 그런 사람이 아니다."

"소문에는 비싼 치료비를 받는 걸로 유명하잖아요. 더군다나 그렇게 번 돈도 허투루 쓰기로도 유명하던데……."

아니 땐 굴뚝에 연기 나겠는가? 서연은 장일의 말에 그렇게 말했다.

더군다나 괴의는 그렇게 번 돈을 기방이나 도박장 같은 데서 써버리기로도 유명했다.

그런 그에게 가라니.

서연은 장일의 말에 납득할 수가 없었다.

그럴 바엔 상 의원에게 부탁해서 신의 천수만이 속한 천수의원에서 의술을 배우는 것이 훨씬 나을 거라는 생각이 들었다.

"풍문만 듣고 사람을 판단하다니. 내가 연이 너에게 그리 가르치더냐? 피치 못할 사정이 있을 수도 있지 않느냐?"

"어떤 이유가 있다고 해도 의술을 상술로 여기는 건 맘에 들지 않아요."

서연은 장일의 옹호에 그의 그런 행동이 한편 이해가 갔으

나 한편으론 생명은 소중한 것인데 그렇게 좀스럽게 거래를
해야 할까 하는 의문이 들었다.

"네가 무슨 생각을 하는지는 알겠다. 그러나 달리 생각해
보자. 녀석이 그동안 그렇게 돈을 뜯어온 이들은 관리나 부유
한 상인 등 다들 힘깨나 쓴다는 자들이다. 넌 그런 자들에게
돈을 뜯어낼 배짱이 있느냐?"

"네? 배짱이라면?"

"내가 네 표정을 보니 의술에 돈을 받다니 사람이 좀스럽
구나 하는 표정이더구나. 그렇다면 네 녀석은 그렇게 힘 있는
자들 앞에서 당당히 돈을 요구할 배짱이 있느냐는 말이다."

서연은 그런 장일의 말에 다시 생각해 보았다.

한 지역을 책임지는 관리나 힘 있는 상인에게 겁도 없이 그
럴 수 있을까?

자신이라면 치료를 하고 그저 주는 대로 받았을 것도 같다.

"근데 그런 배짱을 가진 분이 그 돈을 왜 기루나 도박장을
살찌우는 데 쓰는 거죠?"

배짱이라는 말에 괴의가 그리 좀스런 인물은 아님을 알 수
있었지만 서연은 그런 그가 어째서 도박장이나 기방에 들러
그런 돈을 낭비하는지 이해가 가지 않았다.

"그것도 오해란다. 휴, 실은 그 녀석이 그렇게 도박장이나
기방에 들르는 것은 다 사문의 숙원 때문이란다."

"사문의 숙원이요?"

"녀석의 사문에선 과거 매우 중요한 물건을 잃어버렸다더구나. 사문에서 대단히 필요한 물건이라 대대로 그 물건을 찾는 걸 숙원으로 삼은 모양이야."

"대체 뭐기에 그래요? 대대로 내려오며 찾는 걸 보면 매우 중요한 물건인가 봐요?"

서연은 얼마나 중요한 물건이기에 이렇게 대대로 내려오며 그걸 찾아다니는지 궁금했다.

"글쎄, 그게 어떤 건지는 말하지 않더구나. 다만 꼭 필요한 물건이니 그리 대를 이어 찾아다니지 않겠느냐."

"그러네요. 근데 물건을 찾는 것과 도박장, 기루가 무슨 관계가 있어요?"

"녀석이 그곳에 가는 이유는 바로 그 물건의 관한 사료들을 구하기 위해서란다. 기실 사료란 것이 말이다, 양지에서 거래되기보단 오히려 음지에서 거래되는 경우가 더 많지."

"아, 그럼?"

"그래, 그가 큰돈을 벌 때마다 기루나 도박장에 들르는 건 이런 사료(史料)들을 음지에서 거래하는 자들을 만나러 가는 것이란다."

"그래서 그런 기루나 도박장에서 돈을 펑펑 쓴다는 소문이 난 것이군요?"

서연은 장일의 말에서 비로소 괴의에 대한 오해가 풀렸다.

"그가 기루나 도박장에 들르는 모습만 보고 소문이 나자 그에 대한 악감정을 지닌 이들이 소문을 부풀린 것이지. 뭐 그 녀석은 그런 소문에 전혀 반응조차 없지만 말이다."

"근데 오 년부터 활동을 안 하신다는 것은 이미 물건을 찾으신 건가요?"

서연은 오 년 동안 활동이 없다는 소리에 물건을 찾은 건가 싶었다.

"아니란다. 오 년 전인가 여산 근처에 그 물건이 있다는 단서를 잡았다고 좋아하며 갔는데 그 후로도 찾았단 소식은 없구나. 아직도 온 여산을 뒤지며 삽질이나 하고 있는 건 아닌지, 쯧쯧."

말이 여산 근처이지 그 지역이 얼마나 넓은가?

그 넓은 곳을 혼자서 어찌 감당하겠는가?

더군다나 나이가 몇인가.

움직이는 것도 점점 힘들어질 나이에 그놈의 사문의 유명이 뭔지 여산 일대를 돌아다닐 친우의 모습이 떠오르자 영 마음이 좋지 않았다.

실은 장일이 녀석에게 서연을 보내려는 이유 중엔 그의 뛰어난 의술을 배웠으면 하는 것도 있지만 서연이 그렇게 힘들어하는 녀석의 뒤를 이어줬으면 해서였다.

또 한편으로는 서연이라면 왠지 녀석이 못 찾은 그것을 찾을 것 같은 예감도 들었다.

"혈, 나이도 있으신데 대단하시네요. 아직도 정정하신가 봐요? 하기야 의원이시니……."

"뭐, 꼬장꼬장하지. 아직도 하루에 여산을 여러 번 오르락내리락한다고 하니."

"대단하시네요. 할아버지와 같은 연배라면 움직이는 것도 쉽지 않으실 텐데… 대단한 정열을 가지고 계시네요."

"정열이라기보다는 집착이지. 일찍이 결혼이라도 했으면 손주들 재롱 볼 나이인데 장가도 못 가고 그렇게 살고 있으니 말이다."

"아……!"

서연은 손자들 재롱 볼 나이에도 산을 타고 다닐 그를 생각하자 조금은 아련해졌다.

"그나저나 이제 그에 대한 오해도 풀린 듯하니 그에게 의술을 한번 배워보겠느냐?"

"음, 제 의술이라고 해봐야 아직 초보 수준이고 제가 찾아간다고 해도 그분이 마다하면 그만 아닌가요?"

서연은 의술이라고 해봐야 사실 초보 수준이다. 스스로도 그런 자신을 채워줄 스승이 필요하고 느끼고 있는 참이었다.

그런 자신에게 천하제일의 의술을 지닌 괴의는 불감청고

소원이었다.

그러나 한편으로는 괴의가 없는 상황에서 이렇게 논의해 봐야 의미가 없는 게 아닌가 하는 생각이 들었다.

막상 그를 찾아갔을 때 그가 받아들이지 않으면 끝이 아닌 가?

"흥! 그놈이 감히 내 의손주를 마다할까? 내가 미리 서찰을 보내놓을 테니 걱정 말거라. 솔직히 제자로 삼는 것까지는 모르겠다만 적어도 박대는 않을 게야."

장일은 괴의의 사문 관계에 대해 잘 모르기에 제자로 삼는 건 몰라도 적어도 서연이 찾아가면 자신을 봐서라도 외면하진 않을 거란 걸 알고 있었다.

"그렇군요. 일단은 괴의라는 분을 만나보고 싶어요. 저도 그분을 뵙지도 않고 미리 판단하고 싶진 않네요."

"그래, 만나보지도 않고 미리 결정할 수는 없지. 내가 좀 앞서 갔구나. 가서 결정하거라. 일단은 가는 걸로 알고 서신을 보내마."

장일은 서연의 말에 일리가 있음을 느끼고는 지금 당장 서신을 보내려는 양 방을 나섰다.

"저기… 아버님?"

"의부님, 아무리 그래도 갑자기 그리 독단적으로 정하시 면……."

그렇게 장일이 바로 서신을 써 보내려는 양 나가려 하자 세준과 수향이 그를 불렀다.

그러나 장일은 그런 둘의 대답을 듣지 못한 양 그냥 방문을 열고는 나가 버렸다.

"에휴. 이미 서연이를 보내시기로 작정하신 거 같구려. 이런 억지 모습을 보이시다니."

"호호, 아버님도 참……."

그런 장일의 모습에 세준이 수향을 보며 말했다.

자신들이 부름에도 답 없이 나가는 모양새가 이미 서연을 보내기로 작정한 사람 같았다.

수향은 평소 보기 힘든 그런 장일의 모습이 재미있는지 웃음을 보였다.

그녀가 이런 웃음을 보이는 이유는 바로 그들도 서연을 보내기로 맘먹었기 때문이다.

장일과 서연이 대화하는 도중에 그들도 그 대화를 들으며 의논을 한 것이다.

이왕지사 서연이 의원이 된다고 한다면 최고의 실력자인 괴의의 제자가 되는 것도 나쁘지 않아 보였다.

"연아, 괴의라는 분의 제자가 된다면 몇 년을 이 어미와 떨어져 있어야 할 텐데 괜찮겠니?"

수향은 그렇게 서연을 보내기로 마음먹었지만 문득 아들

이 자신의 곁을 떠난다니 허전한 맘에 물었다.

"네, 어머니. 제 나이가 몇인데. 걱정 마세요. 더군다나 천하제일의원에게 가는데 일단 건강 걱정은 없잖아요. 그리고 연락도 자주 할게요."

"그래, 꼭 연락 자주 해야 한다."

"네. 어머니. 이렇게 허락해 주셔서 감사해요. 헤헤."

서연은 그렇게 수향이 허락의 말을 건네자 감사한 마음에 와락 그녀를 껴안으며 웃음을 보였다.

그리고 서연은 앞으로 있을 여행에서 어떤 모험을 겪게 될지 내심 기대가 되었다.

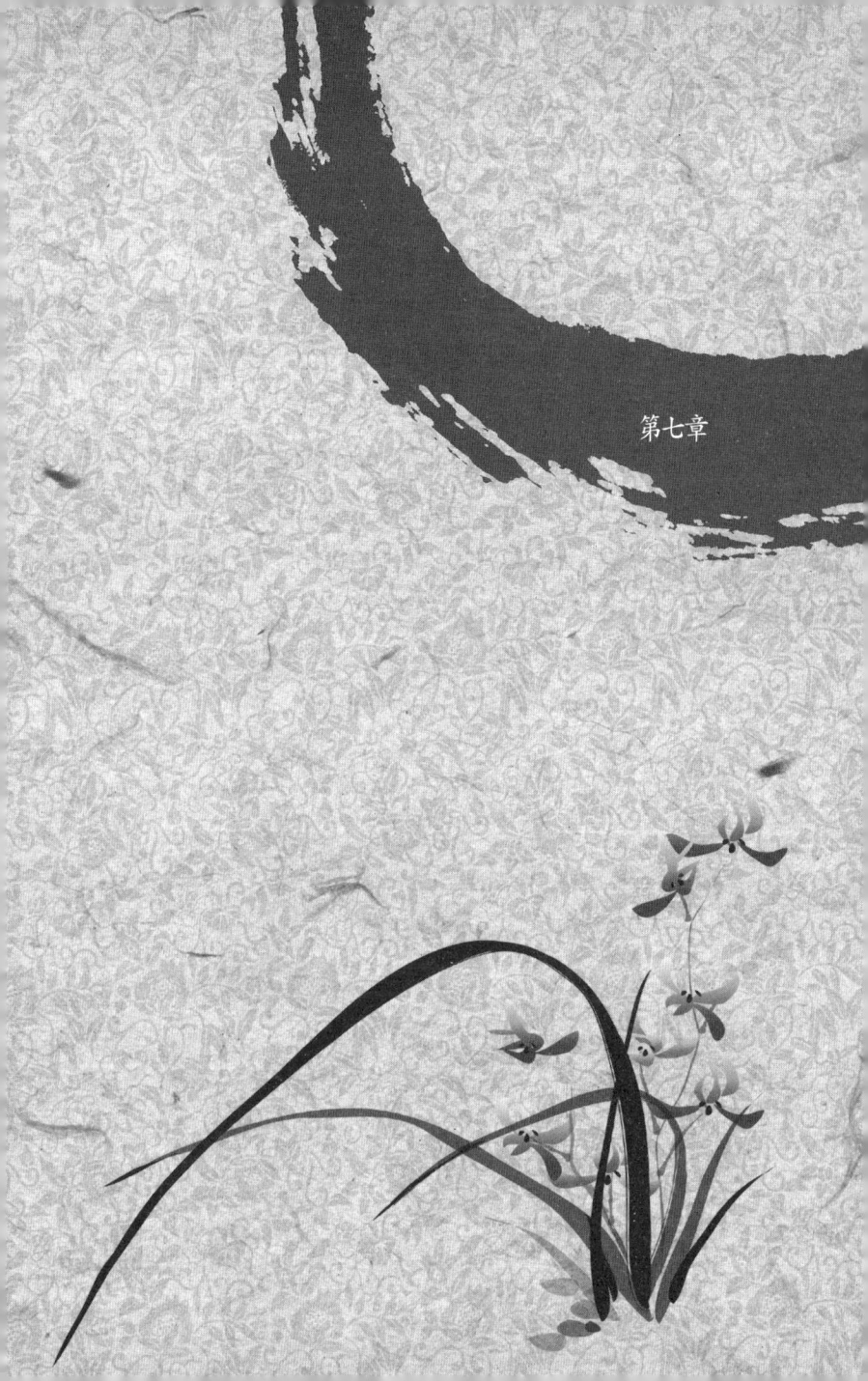

第七章

사천당가(四川唐家)는 사천성의 주도인 성도에 위치한 오
대세가 중에 하나이며, 사천성 삼대세력 중의 하나다.

　　이 세가는 정파에 속해 있으면서도 특이하게 암기와 독으
로 유명했다.

　　고로 당가에서는 상재가 뛰어난 자나 재주가 뛰어난 기술
자들을 항시 찾아다녔다.

　　그러다 보니 그런 자들이 모여 어느새 당가를 감싼 모양의
엄청난 크기의 마을을 형성했다.

　　이에 당가에서는 그곳에 외원을 두고 관리하게 되었는데,

그곳이 바로 당가타(唐家他)였다.

이런 당가타의 규모는 사천에서 사천당가의 위상이 높아지면 높아질수록 더욱더 커졌다.

그리고 어느새 성도(成都) 전체 제품 생산량의 절반 이상을 담당하는 거대한 공장 지대로 변해 갔다.

그런 당가타의 입구에 세 명의 인원이 나타난 것은 어느 늦여름의 아침이었다.

한 명의 중년인과 두 명의 아이였는데, 멀리서 보이는 옷차림으로 보아 두 아이의 성별이 달라 보였다.

전날 어디서 노숙이라도 했는지 옷차림이 꾀죄죄했고, 세 사람 모두 눈 밑이 거무스름한 것이 매우 피곤해 보였다.

"에휴! 겨우 도착했네. 저 기집애 때문에 이게 무슨 고생이람? 평생에 도움이 안 돼요, 도움이."

무언가 화가 난 듯 당가타에 도착한 소년이 소녀를 보며 눈을 흘겼다.

이 소년과 소녀는 하루 전 장가장에서 출발한 서연과 천방지축 백지소녀 미현이었다.

장일의 도움으로 간신히 서안 행을 부모님께 허락 받은 서연은 한동안 바쁠 수밖에 없었다.

우선은 자신의 할 일인 청수각의 관리 임무를 인수인계해야 했는데, 총관인 아버지는 이미 그 관리에 치를 떨었다.

또 서책 관리라는 것이 말처럼 그리 쉬운 것이 아니었다. 그래서 마땅히 맡길 인계자를 찾는 것에 매우 고심할 수밖에 없었다.

그런 서연의 고심을 해결해 준 이가 있었으니 바로 한택이었다.

얼마 전 어머니 일에 대한 고마움을 전하러 온 한택이 서연이 고심하는 걸 보고 나선 것이다.

하여튼 제일 난제이던 청수각의 인수인계가 끝나자 나머지는 일사천리였다.

장가장 내의 소소한 일들을 처리하고, 예전에 처방을 내렸던 장가촌 집들을 돌아다니면서 상태가 어떤지 등을 살폈다.

비록 상 의원이 돌아왔지만 자신이 한 치료에 대해선 마무리를 하고 싶었던 것이다.

하여튼 이렇게 서연이 장가장을 떠날 준비를 착착 진행하고 있을 무렵 한 가지 문제가 생겼다.

그것은 바로 장가장의 천방지축 백지소녀 미현이가 그 사실을 알게 된 것이다. 그리고 그녀는 자신도 서연을 따라갈 거라며 난동을 부렸다.

물론 그런 그녀의 난동은 당예예의 빠른 개입으로 해결되었지만 서연의 여산 행의 시작인 성도로 향하는 가는 길에는 동행하게 되었다.

서연의 여산 행의 시작은 일단 장가장에서 가까운 성도에 도착하는 것이었다.

서연이야 한사코 혼자 갈 수 있다고 하지만 어른들의 맘은 그렇지 않았다.

가까운 성도이지만 아직 어린 서연 혼자 보낼 수는 없었기에 서연을 따라 누가 나설지 장에선 고민했는데 그때 장주인 장섭이 나선 것이다.

그는 저번 장모의 병문안을 못 간 것을 영 맘에 걸려 하고 있었기에 이참에 서연을 따라나서겠다고 한 것이다.

그런 장섭의 행동에 미현도 따라나섰다.

저번 병문안은 당예예와 율이만 갔기에 미현 역시 할머니가 보고 싶다는 명분으로 따라붙은 것이다.

장가장에서 성도까지는 걸어서 근 한나절 하고도 반 정도 시간이 걸리는 거리였기에 일행은 아침 일찍 출발했다.

서연이 일단 이렇게 여산이 아닌 성도로 향하는 데는 이유가 있었다.

물품 제작으로 유명한 당가타에 들려 의술에 사용될 여러 가지 물품을 제작할 생각이었기 때문이다.

그리고 그런 물품이 제작될 동안 여산까지 자신을 안내해 줄 안내자들을 찾기로 했다.

여러 가지 일로 바쁜 장가장의 어른들은 그를 여산까지 데려다 주기 힘들었기 때문이다.

그러나 출발은 시작부터 삐걱거릴 수밖에 없었다.

이유인즉슨 미현이 한사코 자신이 예전에 산에서 주워온 자칭 백호라고 주장하는 백구를 데리고 가겠다고 한 것이다.

반대하는 서연과 데리고 가겠다는 미현의 신경전은 딸바보 장섭이 미현의 편을 들어주면서 막을 내렸다.

이래서 성도 여행의 일행은 장섭, 서연, 미현, 백호로 삼인 일수로 정해지게 되었다.

할아버지 장일과 당예예, 세준 부부에게 인사를 건네고 마침내 장가장을 출발한 여행의 시작은 산뜻했다.

하늘은 청명했고 바람이 산들산들 불어와 여행자의 땀방울을 식혀주었다.

백호 녀석이 오랜만에 장가장을 벗어나 세상에 나온 탓인지 이리저리 돌아다니는 터라 일행의 발걸음이 조금씩 처지긴 했으나 그 정도는 별문제될 것이 없었다.

그러나 그런 그들이 이런 꾀죄죄한 모습으로 성도에 들어선 데는 이유가 있었으니 바로 미현의 활약 덕분이다.

길 가다 우연히 발견한 작약을 보며 서연이 피부 미용에 좋다는 소리를 장섭에게 했는데 그 소리를 들은 미현이 덥석 복용한 것이다.

작약은 서연의 말처럼 피부 미용에는 좋지만 약간의 독성을 가지고 있는 식물이었다.

그래서 세심한 복용법이 필요한데 천방지축 소녀 미현에게 그런 소양이 있겠는가?

그냥 덥석 입에 넣고 만 것이다. 미현은 그 때문에 배탈로 쓰러질 수밖에 없었고, 덕분에 그 치료를 위해서 일행은 예정에 없는 노숙을 하게 된 것이다.

"그러게 작약이 피부 미용에 좋다는 소리는 왜 해?"

"피부 미용에 좋은 건 사실이거든. 다만 독성이 있으니 제대로 복용해야지."

"그럼 그렇다 말을 해야 할 거 아니야. 그랬으면 안 먹었을텐데……."

당가타에 도착하고도 서연과 미현의 말싸움은 계속 이어졌다.

덕분에 이들은 주변의 이목을 집중시켰다.

"음음. 둘 다 그만하고 저길 보거라."

둘의 티격태격 말싸움이 길어질 듯 보이자 장섭이 둘의 다툼을 끊을 양으로 어딘가를 가리켰다.

서연과 미현이 그의 말에 한곳을 쳐다보자 미부인과 소동 하나가 웃으며 그들에게 다가오고 있었다.

"아! 윤이구나!"

"앗! 당윤이다!"

아무래도 또래인 사내아이가 먼저 서연과 미현의 눈에 띄었다.

그의 이름은 당윤으로 당금 당가주의 셋째 아들이다.

"호호, 나는 보이지도 않니? 섭섭하구나. 하기야 우리 아들이 좀 잘나긴 했지."

서연과 미현이 당윤에게만 반응을 보이자 그게 섭섭했는지 미부인이 말했다.

그 미부인의 정체는 화영령으로 당윤의 어머니이자 당금 당가의 안주인이다.

"앗! 죄송해요. 잘 지내셨어요?"

"안녕하세요, 외숙모?"

화영령의 말 때문일까? 서연과 미현이 그녀에게도 인사를 했다.

"어찌 알고 이렇게 나오셨습니까?"

장섭이 일행의 인사가 끝나자 그녀에게 물었다.

"그게… 미현이가 어제 도착한다고 소식을 들었는데 오지 않자 아버님께서 걱정이 되어 수소문하셨거든요. 요즘 당가타의 분위기가 좋지 않아서……."

"당가타의 분위기가 안 좋다니… 그게 무슨 말씀이십니까?"

화영령의 말에 장섭이 물었다.

"그것보단 일단은 세가로 가시지요. 아버님께서 기다리시니……."

그런 장섭에 질문에 화영령은 대답하기보단 일행을 세가로 이끌었다.

이는 이들을 걱정하고 있을 암왕의 모습이 떠올라서였다.

"아! 아버님께서 기다리시죠. 애들아, 그만하고 얼른 가자꾸나."

그녀의 말에 상황이 이해가 간 장섭이 당윤과 함께 노닥거리고 있는 서연과 미현을 부르며 당가로 발걸음을 옮겼다.

*　　　*　　　*

"왔구나! 다행히 별 탈 없었구나!"

당가의 내원 제일 안쪽에 위치한 암왕의 처소에 간만에 사람들로 북적였다.

서연 일행이 암왕을 찾아온 탓이다.

"외할아버지!"

암왕이 일행을 맞이하자 미현이 덥석 그에게 안겼다.

"우차! 우리 미현이 많이 컸구나. 어쩜 이렇게 예쁘게 자랐누."

암왕은 기다리던 손녀가 품에 안기자 흥이 났다.

아들이 많은 게 당가의 내력인지 자신도 세 명의 아들을 본 후에 겨우 딸 하나를 봤다.

그런데 그 아들들 역시 아들만 낳아 손녀가 없는 그였다.

그러기에 그는 이렇게 외손녀들을 볼 때마다 기분이 좋아지곤 했다.

"헤헤. 할아버지, 잘 지내셨어요?"

"그럼 잘 지냈지. 우리 손녀가 이렇게 걱정하는데 잘 지내야지."

미현 역시 그런 암왕의 사랑을 느끼고 그에게 애교를 부리며 안부를 물었다.

그런 둘 사이에 끼어들지 못한 일행은 그 모습을 보며 뻘쭘히 서 있었는데 그런 모습에 한 노부인이 나섰다.

"당신만 우리 손녀 차지할 생각이세요? 다른 사람들 인사도 받아야죠. 미현아, 이리 오너라."

노부인은 암왕의 부인인 송씨로 그가 미현에게만 빠져 있자 일행을 가리키며 말한 것이다.

"네, 할머니. 근데 아프신 건 다 나았어요?"

"그래, 연이 덕분에 나았구나. 그나저나 남정네들끼리 할 얘기가 있을 테니 우린 빠지자꾸나. 우리 미현이, 당과 좋아하지?"

"앗! 당과! 우리 할머니 최고!"

송씨는 이대로 있으면 암왕이 미현에게서 헤어 나오지 못해 일행의 인사를 받는 일이 요원하리라 여겨 얼른 미현을 데리고 밖으로 나섰다.

게다가 그녀 역시 오랜만에 보는 손녀를 독점하고픈 맘이 있었던 것이다.

"앗! 할머니, 나도 갈래."

미현과 송씨가 나서자 당윤도 당과에 욕심이 나서인지 따라 나섰고, 그를 따라 화영령도 자리를 비웠다.

"허허, 부인……."

물론 암왕은 그렇게 떠나가는 손녀를 바라볼 수밖에 없어 서글펐지만 말이다.

"아버님, 그간 강녕하셨습니까?"

"잘 지내셨어요, 할아버지?"

미현과 여인네들이 빠져나가자 그제야 장섭과 서연이 암왕에게 인사를 했다.

"그래, 자네랑 연이도 잘 지냈는가? 아, 그 친구도 무탈하지?"

"네, 아직은 정정하시죠. 그나저나 오면서 들었는데 당가 타의 무슨 일이 생겼습니까?"

"아! 자네도 들었는가? 뭐 이미 알 만한 사람은 다 아는 사실이니. 실은 말일세."

장섭에게 잠시 장일의 안부를 묻던 암왕이 그가 질문하자 속사정을 털어놨다.

내용인즉슨 당가타의 장인들 사이에 희괴한 질병이 돌고 있다는 것이다.

"병이라고요? 무슨 병이기에?"

병이라는 소리에 서연이 관심이 가는지 물었다.

"그게 답답하단다. 환자는 생기는데 그 원인을 알 수가 없으니. 의각에서도 불철주야 병명을 찾고 있으나 아직 답을 못 찾고 있구나."

"그렇다면 연이한테 한번 맡겨보시지요. 이 아이 의술 지식이 만만치 않습니다."

암왕이 답답해하자 장섭이 서연을 추천했다.

자세히는 모르지만 장일이 칭찬한 서연의 의술이라면 한번 기대해 봄직도 했다.

"음, 연이가 말이냐? 하긴 이번에 가는 게 괴의를 만나기 위해서라고 했지. 그러고 보니 부인의 치료도 네가 했다고 했지? 당장 급한 상황이니 일단 네게 부탁하마. 괜찮겠느냐?"

"네. 그런 희괴한 질병이라면 한번 보고 싶네요. 그리고 당가타의 장인들께도 볼일이 있으니 겸사겸사……."

장일이 칭찬했다고 하는 점이나 사위 장섭이 이렇게 추천하는 걸로 보아 뭔가가 있다고 느꼈는지 암왕은 부탁을 해왔다.

물론 그에게 부탁에 서연은 흔쾌히 승낙했다.

"고맙구나. 그러면 일단 말이지, 우선 이곳부터 찾아가 다오."

서연의 승낙에 암왕이 어느 한곳을 지정하며 말했다.

*　　*　　*

만가철방은 당가타에서 제일 유명한 철방이었다.

철방의 주인인 만 노야는 당가타 최고의 대장장이로, 당가에서 일찍이 그의 재능을 알고 데릴사위로 들어올 것을 제안했으나 대대로 내려온 가업을 버릴 수 없다는 이유로 거부한 이야기는 특히나 유명했다.

그런 유명세 덕분인지 항시 만가철방의 모루는 쉴 새 없이 울어야 했다.

한데 어쩐 일인지 요 며칠 그 모루가 우는 소리를 사람들은 듣지 못하고 있었다.

"작은숙부, 여기가 만가철방이야?"

"그래. 여기가 당가타에서 제일 유명한 곳이란다. 특히 만 노야의 기술은 최고지. 한데 갑자기 그리되셨으니……."

목적한 도착지에 도착하자 미현이 한 중년인에게 말을 건 넸다.

그 중년인은 미현의 외삼촌이자 당가의 외원주인 당초원이었다.

외원주는 당가타를 관리 감독하는 자리인데 그런 그가 만 노인을 대하는 모습은 매우 정중했다.

이에는 그 나름의 이유가 있었다. 이 외원주의 자리는 당가타의 사람들을 관리하는 자리가 아니라 오히려 당가타의 사람들에게 일종의 봉사하는 자리였기 때문이다.

이는 삼십 년 전 당가에 큰 위기가 있었을 때 당가는 당가타로부터 큰 도움을 받은 적이 있기 때문이다.

그 이후로 당가에서는 당시에 없던 외원주를 두고 당가타의 장인이나 상인들에게 도움을 주고 있었다.

특히나 이곳 만가철방은 당가타를 대표하는 곳이고, 만 노야는 삼십 년 전 직접 당가에 도움을 준 장본인 중의 한 사람이다.

그러니 외원주인 당초원도 정중히 그를 대할 수밖에 없었고 암왕 역시 우선해서 서연으로 하여금 이곳을 들르게 한 것이다.

다만 일행 중 장섭이 보이지 않았는데, 이는 그가 관에 친분이 있는 관계에 그쪽으로 질병에 관한 정보를 얻으러 간 것이다.

"음, 근데 여기 만 노야란 분 말고도 당가타의 다른 분들도 다 그렇다는 건가요?"

"유독 장인 분들만 그렇구나. 특히나 이렇게 철을 만지는 분들 중에 많단다."

"그렇다면 다른 직업을 가진 분도 있다는 건가요?"

"몇몇 여인네와 상인도 있는데 그 수가 매우 적단다. 대부분이 이런 만 노야와 같은 장인들이지."

"음, 그렇군요. 갑자기 마비 증상이 온다는 거죠?"

"혹시 연유를 찾을 수 있겠니?"

"아직요. 일단은 환자 분들을 뵈어야 할 거 같아요."

"그래, 검진도 않고 알 수는 없겠지."

서연과 당초원이 하는 이야기가 바로 요 며칠 전부터 당가타에 일어난 괴질에 관한 것이다.

이 괴질이 처음 한두 명 발병했을 때는 그리 큰 문제라고 생각하지 않았다.

그러나 그 괴질이 이렇게 역병처럼 크게 번지자 당가는 발칵 뒤집힐 수밖에 없었다.

당가는 그 후로 장인들의 치료에 큰 노력을 들이고 있지만 아직 그 원인이 발견되지도 않고 있었다.

원인을 알 수 없으니 치료법도 알 수 없는 상황인 것이다.

"응? 안 들어가고 뭐해?"

미현이 두 사람이 대화하느라고 철방에 들어가지 않고 입구에서 서 있자 둘을 재촉했다.

"아, 그래. 일단 들어가자꾸나. 만 노인부터 뵈어야지."

"네. 그나저나 미현이 이 녀석, 어디서 숙부님께 반말이니? 큰어머니께 이른다?"

"저 오빠는 남자가 맨날 치사하게 고자질이야! 흥!"

"그러니까 작은숙부께 존댓말 써! 어디서 배운 버르장머리야?"

"흥! 작은숙부가 정 떨어진다고 존댓말 쓰지 말랬거든?"

"그래, 서연아, 난 존댓말 하는 것보단 이렇게 친근하게 대하는 것이 더 좋구나."

당초원 역시 딸이 없어서 그런지 미현이를 유독 귀여워했기에 역시나 서연보단 미현이 편이었다.

"봤지? 헤헤, 작은숙부 최고! 쪽!"

당초원이 자신의 편을 들자 미현이 기분이 좋아졌는지 그에게 안겨 볼에 뽀뽀를 했다.

"하하! 우차! 나도 우리 미현이가 최고!"

"에효. 숙부님이 이러시니 쟤가 더 그런다고요. 언제 저 버르장머리를 고칠지."

미현의 뽀뽀를 받은 탓에 당초원은 기분이 좋아져서 미현이를 품에 안고선 한 손으로 들어 올렸다.

서연은 그 모습을 보자 또 한 명의 조카바보가 탄생했다며 한숨을 내쉬었다.

"하하! 뭐 어떠냐? 아직 어린데. 크면 달라지겠지. 어서 들어가자꾸나."

당초원은 서연의 그런 말에도 아랑곳하지 않고 미현을 품에 안고서는 철방 안으로 들어섰다.

'커서도 안 달라질 것 같아서 문제입니다.'

서연은 물끄러미 두 삼촌과 조카의 모습을 바라보았다.

저 천방지축 소녀의 본모습을 왜 주변의 남자들은 알아보지 못할까 고민하면서.

컹컹! 컹컹!

그런 서연의 옆에서 왜 안 들어가느냐는 듯 백호가 짖어대자 그제야 생각을 접고 서연도 안으로 들어섰다.

*　　　*　　　*

"어서들 오게나."

서연 일행이 철방 안으로 들어서자 웬 노인이 나와 그들을 맞이했다.

"아니, 어르신, 웬일로 이렇게 나와 계십니까? 가뜩이나 몸도 안 좋으신데. 아, 얘들아, 인사드려라. 이분이 만 노야시 다."

"안녕하세요!"

서연 일행을 맞은 이는 바로 만가철방의 주인인 만 노야였 다.

당초원은 몸도 안 좋은 그가 마중 나와 있자 송구해하면서 일행을 소개했다.

"팔과 손이 마비된 거지 다리는 아니네. 자네들이 온다고 하는데 어찌 안에서 기다리겠나? 그럼 이 처자가 자네 조카고 이 도령이 나에게 설계도를 보낸 도령인가?"

앞서 서연이 장인들에게 볼일이 있다고 한 건 이것이었는 데, 전생에서 쓰던 물품 제작을 의뢰할 생각이다.

이에 그 설계도면을 그려 상황이 이렇지만 가능성을 보기 위해서 우선 인편으로 보내둔 상태였다.

그런 설계도가 흥미를 끈 탓일까, 만 노인의 이런 마중은 그 설계도가 큰 영향을 끼친 것 같았다.

아파서 망치를 들 수는 없지만 장인은 장인인 모양이다.

"네, 다시 인사드리겠습니다. 문서연이라고 합니다."

"그래, 내 자세히는 알지 못하지만 도령에 대한 소문은 일 찍이 들어본 바 있네. 예전에 유명했다지?"

"아닙니다. 별로 유명하지는."

"하하, 지나친 겸손은 과례라고 했네. 자네의 뛰어남은 자네가 보내준 설계도만 봐도 충분하니까. 설계도 하나하나가 전부 기발하더군."

"칭찬 감사합니다. 이미 설계도를 보셨군요."

약탕기, 약초 가위 등등 서연이 필요한 의료 물품의 종류가 한두 개가 아닌지라 설계도도 꽤 많았는데 그걸 이미 다 읽어 본 모양이다.

"그렇다네. 다 보았지. 설계도 하나하나가 다 신세계이니 어쩌겠는가? 특히나 그 용수철이란 건 실로 기발한 물건이더군."

"아, 그게… 어쩌다 보니……."

서연으로서는 용수철이 자기 발명품도 아니기에 뭐라고 하기가 애매했다.

전생에서 봤다고 하기도 그렇지 않은가?

"여하튼 용수철의 경우는 자네가 보내준 약초 가위 말고도 다양하게 쓰이겠더군. 필요한 곳이 한두 군데가 아니야. 대단한 물건일세."

"네. 다양한 용도로 쓰일 수 있을 겁니다. 예를 들어 말하자면……."

만 노인이 하도 자신과 용수철에 대해 칭찬하자 서연은 자기도 모르게 으쓱해져서는 용수철의 용도에 대해서 설명하기 시작했다.

"…아, 자네 말대로 마차 아래에 용수철을 간다면 마차가 받는 충격이 엄청나게 줄어들겠구먼. 역시 대단하네. 내가 이렇게 몸에 이상만 없어도 바로 만들어볼 것을……."

서연과 만 노인의 대화는 주변의 미현이나 당초원을 소외시켜 버리고 계속 이어졌다.

그런 둘의 대화가 너무나 진지해서인지 당초원뿐만 아니라 천하의 미현조차 끼어들지 못하고 그냥 보고만 있는 상황이다.

서연 또한 만 노인이 너무도 진지하게 물어오자 아는 바를 대답할 수밖에 없었다.

바로 이런 점이 만 노인이 당가타 최고의 장인이 될 수 있게 만든 원동력이 된 것 같았다.

"아, 팔은 좀 괜찮으세요?"

만 노인과 대화에 정신이 팔려 있던 서연은 이제야 이곳을 찾아온 연유를 깨달았다.

"그게 점점 더 심해지네그려. 이젠 젓가락질도 힘드니. 뭐 어쩔 수 있겠나? 하늘의 뜻인 것을."

"죄송합니다. 당가에서 큰 도움이 못 되어서."

만 노인의 몸 상태에 안타까워하자 당초원은 도움이 못 된 것 같아 송구스러웠다.

"아닐세. 당가에서 여러 검사도 하고 의원도 보내주지 않았나. 다 하늘이 뜻인 게야."

"저기, 어르신, 제가 한번 진맥을 해봐도 될까요?"

"음, 도령이? 의술도 배웠는가? 어디 한 번 해보게나."

만 노인은 여러 검사와 의원들의 진맥에도 병의 원인이 밝혀지지 않자 이제는 거의 포기한 상태였다.

그래서 당가에서 의원을 새로 보내도 돌려보내고 있는 상황이었다.

그러나 서연이 진맥을 원하자 설계도 일도 있고 해서 왠지 믿음이 가 받아보기로 한 것이다.

"자, 일단 안으로 들어가시죠."

"그러세. 주인인 내가 해야 할 말은 자네가 하네그려. 허허허."

"그러게 말입니다."

일단 만 노인이 서연의 진맥을 받겠다고 하자 당초원이 다들 안으로 이끌었다.

그 모습을 본 만 노인이 마치 그가 주인인 양 자연스럽다며 놀렸다.

만 노인의 방은 작업실 안쪽에 있었다. 제일 먼저 느낀 것은 작업실임에도 불구하고 방이 생각보다 정갈하다는 것이다.

대장장이 하면 우락부락하고 거친 이미지만 생각했는데 만 노인의 방은 정리정돈이 잘되어 있고 향긋한 향기까지 났다.

"와! 생각보다 깨끗해요. 평소 생각했던 철방의 이미지와는 완전 달라요."

평소 생각하고 있던 철방이 아닌지 미현이 들어서자마자 말했다.

"그래, 대장간 하면 남자 냄새에 땀 냄새 범벅일 거라고 생각하는 사람들이 많지. 실제로도 예전에는 그랬고."

"네, 저도 그렇게 생각했어요."

미현의 물음에 만 노인이 대답하자 서연 역시 같은 생각인 듯 맞장구를 쳤다.

"한데 생각해 보렴. 손님이 왔는데 그런 냄새가 풍기다면 좋아할까? 꼬마아가씨는 좋아할 거 같니?"

"피! 싫어요. 아빠가 땀 흘리고 냄새 풍기면서 안으려고 하면 젤 싫은걸요."

미현은 당가로 오는 길에 땀범벅에도 불구하고 자신을 안으려고 하던 장섭을 떠올리며 고개를 흔들었다.

"허허, 그래. 철방도 일종의 장사를 하는 곳이기에 손님에게 불편함이 없도록 이렇게 항시 청결하게 해둔단다."

"그럼 이 향기도?"

"혹시나 땀 냄새가 밸까 싶어서 항시 이렇게 향낭을 구비해 둔단다. 방에도, 그리고 몸에도 지니고 다니지. 향낭을 바꾼 지가 얼마 안 돼서 향기가 좋지?"

"네. 흠흠. 좋은 향기예요. 어머, 얘가 왜 이러지?"

컹컹! 컹컹!

"백호야! 얘가 왜 이렇게 물고 늘어져! 그만 안 둬!"

만 노인의 말에 미현이 수긍한 듯 고개를 끄덕이는데 갑자기 미현의 품속에 있던 백호 녀석이 내려서더니 미현의 옷자락을 물고 밖으로 끌었다.

"하하! 녀석이 밖에서 놀고 싶은가 보구나. 진료하려면 시간이 걸릴 테니 밖에서 놀고 있거라."

백호가 나가려고 하자 당초원이 치료에 방해가 될까 싶어 미현을 보고 말했다.

"네. 에이, 오빠가 진료하는 거 보고 싶었는데."

"네가 봐봐야 방해만 되지. 그냥 나가 있어."

"우씨, 치사해서 안 본다, 안 봐. 백호야, 얘는 자기가 보채 놓고 왜 이러고 있니? 뭐해? 가자."

미현은 서연이 치료하는 모습을 본 적이 없어 구경하고 싶었는데 나가라고 하자 금세 삐쳤다.

하나 나가자며 보채던 백호가 서연을 보며 같이 나가자는 듯 따라오지 않고 서연을 보며 짖어댔지만 미현은 무시하고 발걸음을 옮겼다.

"일단은 진맥부터 해볼게요."

서연은 일단 주변이 정리되자 만 노인을 눕히고는 진맥을 시작했다.

"음."

"왜 그러니?"

"어르신, 질문 몇 가지만 드려도 될까요?"

"그러시게나, 꼬마도령."

서연은 뭔가 짚이는 게 있는지 만 노인에게 물었다.

"손과 팔에 마비가 오기 전에 두통은 없었나요? 아, 그리고 혹시 피부에 염증 같은 게 생기지 않던가요?"

"음, 어찌 알았는가? 마비 현상이 오기 전에 고열로 심하게 앓았다네. 그리고 여기 가슴 부위에 염증이 조금 생겼지."

만 노인은 옷깃을 풀어헤치고 가슴 부위를 보여줬는데 크지는 않지만 피부염의 증상이 보였다.

"요 며칠 잠도 잘 안 오고 입맛도 떨어지셨겠네요? 그리고 시야도 흐려지셨죠?"

"허허, 어찌 그리 잘 아는가? 혹시 내 병을 알겠는가? 치료 방법은?"

"그래, 서연아, 뭔가 짚이는 게 있느냐?"

서연이 만 노인의 상태를 짚어내자 만 노인과 당초원이 놀라서 물었다.

"맥이 조금 느리고 불규칙한 것이나 어르신의 상태로 보아 한 가지가 떠오르네요. 중독입니다."

"그럴 리가 없다. 한두 명이라면 몰라도 이렇게 광범위하게 독이 퍼지려면 오염원이 있어야 하는데 식수원이나 먹을 것등을 조사해도 독은 나오지 않았었다."

당초원은 중독이라는 말에 의아함을 느꼈다. 독이라고 하면 당가가 아닌가? 당가가 발견 못한 독이라니 있을 수 없는 일이었다.

"혹시 당가에서 독에 대한 검사를 하면 어떤 것을 검사하나요?"

"당연히 당가에서 쓰이는 것들 위주로 하지. 독물의 독이라든가 식물이라든가."

"혹시 당가에서 취급하는 독 중에 금속 독도 있나요?"

"금속 독이란 게 뭐니? 혹시 쇠 독을 말하는 거니? 과거 몇몇 어른께서 그쪽도 연구하긴 하셨는데."

'당가에서는 금속 독은 취급을 안 하는 건가? 하긴 이 시대엔 중금속이 귀할 테니 모를 수도.'

서연이 의심하고 있는 것은 중금속 중독이었다.

그중에서도 제일 의심되는 것은 바로 수은 중독이었다. 본시 수은은 서역에서 연금술의 재료로 사용되는지라 매우 비싼 금속이다.

과거 진한시대의 중원에서는 이 수은이 만병통치약인 양 소개되는 바람에 수많은 생명이 잘못된 소문으로 죽어 나갔다고 들었다.

뒤늦게 수은 때문에 사람이 죽은 걸 알게 되자 당시 조정에서는 수은의 수입을 전면 금지시켰다.

그 후 중원에서는 수은의 수효가 줄어들었고, 당금엔 서역과 밀접한 관계를 맺은 사람이 아니라면 이 수은에 대해선 잘 모르는 상황이었다.

더군다나 당초원의 말을 듣자면 당가는 주로 생물 독이나 식물 독 위주로 독을 취급하는 듯하니 이런 중금속에 대한 것을 알지 못하는 것 같았다.

"역시 당가에서는 금속 독에 대해선 잘 모르시는군요. 아마 만 어르신께서는 수은에 중독되시는 듯해요."

"금속 독이라……. 원로원에 계신 분들은 알까? 그나저나 수은이라니 그게 뭐냐?"

"서역에서 연금술이란 학문에 쓰이는 매우 귀한 재료예요. 그게 몸속에 쌓이면 만 어르신 같은 증상이 일어나요. 매우 위험한 물질이죠."

"그런 위험한 물질이라면 어찌 다른 의원들은 못 알아본 게냐?"

"아마 의원들은 중독이 아니라 무슨 병으로 봤겠죠. 더군다나 당가에서 독에 대한 검사를 했으니 독에 관한 건 배재했겠죠."

"아, 우리 당가가 큰 잘못을 범할 뻔했구나. 그나저나 노야의 상태는 어떠냐? 치료는 가능한 것이냐?"

"다행히 아직은 중독 초기라 치료가 가능할 것 같습니다. 제가 아는 의서에 이에 대한 치료법이 나와 있거든요."

서연이 아는 의서란 바로 동의보감으로 거기엔 이런 수은에 대한 치료법도 나와 있었다.

"오, 그래? 그럼 만 노야께서 나을 수 있다는 말이냐?"

"네. 이런 수은 중독에는 토복령이 좋거든요. 하루에 세 번 식사 전에 토복령 달인 물을 마시고 뜨거운 방에서 이불을 덮고 땀을 내시면 수은이 몸 밖으로 나올 거예요. 아직은 초기 증상이라 이 정도만 해도 충분할 겁니다."

"토복령이라……. 근데 토복령이 뭐냐?"

"아, 토복령 하면 못 알아들으시겠네요. 혹시 망개라고 아세요? 빨갛게 생긴 열매."

"아, 알다마다. 약간 시큼하면서 달달한 게 먹을 만하지 않느냐?"

"그 망개나무가 바로 청미래 덩굴인데 청미래 덩굴의 뿌리를 토복령이라고 해요."

"그렇구나. 얼른 당가에 연락해서 토복령이란 것을 구해놓으라고 해야겠구나."

당초원은 그제야 토복령이 무언인지 안 듯 얼른 구해야겠다며 부산을 떨었다.

"그럼 꼬마도령이 말한 대로만 하면 다시 망치를 손에 쥘 수 있는 겐가?"

"네, 어르신. 아직 초기라 한 닷새 정도만 토복령을 드시고 땀을 빼시면 어느 정도 나으실 거예요."

"그렇구면. 고맙네, 고마워. 이런 꼬마도령도 아는 것을 의원이란 작자들이 전혀 의심조차 않다니."

"아니에요. 수은이란 게 아는 사람만 아는 거라 일반 의원들은 잘 모를 수도 있어요. 저도 우연히 어디서 들은 거라."

서연으로서는 전생에 산업사회로 변하는 와중에 중금속 오염에 대한 뉴스가 많았기에 알 수 있었지만 지금 시대의 의원들이라면 당연히 모를 가능성이 높았다.

"평생을 망치질만 하고 살았네. 한데 갑자기 이리되었으니 솔직히 하루하루 맘이 얼마나 불편했는지 모른다네."

"이제라도 치료법을 알았으니 나으면 망치를 다시 잡으시면 되죠."

"그래, 고맙네. 그나저나 이 은혜를 어찌 갚아야 할지."

"고마우시면 얼른 나으셔서 제가 말한 물품들이나 만들어

주세요. 헤헤."

"그래, 내 나으면 최고의 재료를 선별해서 만들어줌세. 그걸 치료비로 삼음세. 괜찮은가?"

"저야 좋죠. 이렇게 당가타 최고의 장인께서 공짜로 만들어주실 텐데. 그죠?"

"이 꼬마도령, 학식이나 의술만큼 넉살도 좋네그려. 어찌 도령에게 수수료를 받겠나. 허허허."

만 노인은 병을 나을 수 있다는 기쁨 때문인지 서연의 넉살 때문인지 연신 웃음 지었다.

하나 서연의 인상은 아직 다 펴지지 못했다.

"한데 이걸로 다 해결된 게 아니에요."

"그게 무슨 말이니? 다 해결되지 않다니?"

서연이 갑자기 웃다가 정색하자 당초원이 놀라 물었다.

"아직 어떤 경로로 수은에 중독되었는지 찾지 못했잖아요. 오염원을 없애지 못하면 치료해 봐야 다시 발병할 게 뻔해요."

"아, 그렇구나. 혹시 만 노야, 요 근래 뭐 철방에 새롭게 받아들인 게 있습니까? 의심이 갈 만한 것."

"글쎄다. 철방에 들이는 재료라고 해봐야 다 예전부터 꾸준히 거래해 오던 곳에서 오는 것들이라 별다른 게 없구나."

"음, 그럼 도대체 어디서…… 연이 말로는 수은이란 게 귀한 물품이라 구하기도 어려운 것이라는데 도대체 어디서 그런 걸 구해서 이런 분탕질을……."

당초원은 만 노야의 의심 갈 만한 곳이 없다는 말에 안타까워하며 말했다.

"그렇군요.."

서연이 그런 당초원과 만 노인의 말을 듣고는 씁쓸해하고 있을 때 밖에서 웬 소리가 들려왔다.

"백호야, 그럼 못써. 어디다가 오줌을 싸니. 에이, 털에 다 묻었네. 그러니 냄새가 배잖니?"

밖에선 백호 녀석이 소변을 보다가 털에 묻은 듯 미현이 백구를 혼내고 있었는데, 그 말을 듣는 순간 서연은 한 가지를 떠올렸다.

"향낭!"

"향낭?"

"어르신, 향낭을 새로 두었다고 하셨잖아요. 혹시 향낭을 바꾼 지 얼마나 되었나요?"

"아, 그거? 한 달쯤 되었나 싶구나. 원래 향낭을 사던 가게가 갑자기 망해서. 아, 그렇구나. 네 말대로 향낭을 바꾸고 나서 마비가 온 듯하구나."

서연은 만 노인의 말에 향낭이 가져와 열어보았다. 그러자 여러 가지 향초와 함께 하얀 가루 같은 것이 흩날렸다.

"앗! 모두 숨을 멈추세요. 이게 수은인 것 같아요."

"그게 수은인지 어찌 아느냐? 내가 보기엔 그냥 향 가루 같은데."

"수은 가루가 이런 흰색을 띠거든요. 일단은 확인해 봐야 할 거 같아요."

"그렇구나. 그나저나 어르신, 이 향낭은 어디서 구한 겁니까?"

"아까 말했다시피 한 달 전쯤인가, 기존 향낭 가게가 망해서 새로운 가게가 들어왔지. 개점 기념이라고 한 달 동안만 반값에 판다고 해서 불티나게 팔렸지, 아마?"

"역시 의심스럽네요. 작은삼촌, 조사해 볼 필요가 있을 것 같아요?"

서연은 만 노야의 말을 듣게 되자 더더욱 향낭이 확실해 보였다.

"그렇구나. 한데 어찌 향낭을 의심했느냐?"

"우선은 한 달이라는 기간 동안에 중독되려면 계속 곁에 두어야 하는 물건이어야 해요. 그리고 가장 결정적인 것은 백구 때문이에요."

"백구 때문이라니?"

"백구 녀석이 원래 밖에서 뛰어놀길 좋아해도 은근히 영리한 녀석이라 저리 미현이 옷자락을 물 정도로 떼쓰는 경우가 없거든요."

"아, 그럼……."

"네, 백구가 저리 한 데는 뭔가 이유가 있을 거라고 생각되어서 찝찝했는데, 아마 이 방에 자신에게 안 좋은 뭔가가 있다고 여긴 듯했어요."

"그렇구나. 그래서 백구의 오줌 냄새란 말에 향낭을 떠올린 거구나."

"네, 삼촌. 시간이 없어요. 중독이란 건 시간이 지날수록 치료가 어려운 법이에요."

서연은 잠시 당초원과 대화를 하다가 수은 중독의 무서움을 떠올리고 말했다.

"그렇구나. 아직은 향낭이 확실한지도 모르고 말이다. 노야, 일단 향낭을 다 수거해야 할 것 같습니다."

"그러게나. 나 말고도 다른 이들도 마찬가질 걸세. 철쟁이가 망치를 들지 못하는 게 얼마나 힘든지 자네는 모를 걸세. 얼른 처리해 주게."

"네, 어르신. 연아, 얼른 가자. 수은에 대해 잘 아는 네가 있어야 할 듯하구나."

"네. 당가로 가면 일단 어르신께 토복령부터 구해 드리죠. 원인도 중요하지만 치료도 중요하니까요."

이렇게 만가철방을 나선 서연과 당초원은 정신없이 당가

로 발걸음을 옮겼다.

　그 탓에 둘은 철방에 그냥 두고 온 미현에게 뒤에 큰 곤욕을 치러야 했다.

第八章

"이렇게 둘이 있는 건 오래간만이구나."

"네, 오래간만이지요. 근 사 년 만인가요?"

"그, 그래. 근데 너 말투가 조금 삐딱하구나."

자그마한 탁자를 사이에 두고 한 중늙은이와 소년이 마주 보고 있다.

"그런가요? 근데 혹시 뭔가 찔리는 게 없으시나요?"

"그게 뭔 말이냐? 찔리는 게 없냐니? 내가 네게 그런 게 있을 리가 있느냐?"

"그러신가요? 삼 년 전의 약속! 이래도 찔리는 게 없으십니까? 정말로?"

"큼, 흠, 삼 년 전 약속이야 제대로 지키지 않았느냐? 네가 원하는 걸 난 분명히 주었다."

"네, 주셨지요. 당가에서 아무도 익히지 못한 폐기물을 저한테 떠넘기셨지요, 암왕 할아버지."

"그거야 네가 원하는 건 단순한 기초 운공법이 아니었느냐? 그것이 익히기 쉬운 것이든 아니든 나랑은 상관없지. 그렇지 않느냐?"

"큭. 그걸 말이라고 하십니까? 지난 삼 년 동안 제가 얼마나 고생했는지 아십니까? 거기에 있는 수련법, 하나도 빼먹지 않고 다 해봤습니다."

"그거야 네 할아비가 하도 역정을 내니. 근데 지금 보니 내기를 익혔구나. 설마 그걸 수련한 게냐?"

두 노소는 바로 암왕 당일환과 서연으로 삼 년 전의 약속의 증표인 운공법에 관한 서로의 입장을 표명하고 있었다.

서연이 만가철방에서 만 노인의 증세를 파악한 지도 근 일주일이 지났다.

당가에선 장인들의 증세가 중독이란 것에 크게 놀랐지만, 서연이 치료법까지 내놓자 신속히 장인들의 치료에 나섰다.

한편으로는 금속 독에 관해 큰 관심을 가졌다.

새로운 종류의 독이라 당가에선 금속 독에 관한 연구를 치열하게 하고 있는 상황이다.

서연은 그 탓에 시달려야 했다. 당장 이 시점에서 금속 독에 대해 가장 자세히 알고 있는 게 그였기 때문이다.

하여튼 그렇게 바쁜 일주일을 보내고 나서야 서연은 다시 암왕을 만날 수가 있었다.

그러다 우연히 나온 운공법에 대한 이야기가 논쟁으로 이어진 것이다.

"어, 어떻게 아셨어요, 제가 내기를 익힌 건?"

"허허, 이 녀석아, 네 앞에 있는 내가 누구라고 생각하는 게냐? 이래 봬도 내가 무림오왕 중의 일인이다."

암왕이라는 칭호를 그냥 도박판에서 딴 건 아닌지 그는 서연이 천선기를 지니고 있음을 느끼고 있었다.

"다른 숙부님들은 못 알아보던 걸요?"

"지금 보니 네 내기가 좀 특이해서인 그런 듯하구나. 선천지기의 한 종류 같은데, 설마 그 운공법이 선천지기의 수련법이었던 게냐?"

"네, 운공법에 대한 부분을 어찌어찌해서 해석할 수 있었거든요."

서연은 암왕이 자신의 기운을 느끼자 놀랐다. 당가에서 일주일을 보내는 동안 누구도 자신이 내기를 익혔음을 알지 못했기 때문이다.

내기에 관한 건 비밀의 한 수로 숨기고픈 서연이었으나 이미 알고 있으니 어쩌겠는가?

서연은 암왕에게 자신이 운공법을 해석했음을 솔직하게 털어놨다.

"장일이 놈 손주 아니랄까 봐 대단하구나. 당가에서 오랜 기간 연구했어도 제대로 된 해석을 못했는데 너에게 인연이 닿은 모양이구나. 하여튼 선천지기라면 녀석들이 못 알아채는 게 당연하다. 선천지기란 생명력과 닮은 기운. 자세히 살피지 않으면 그저 생기가 강한 사람이구나 정도로 여겨질 뿐이니."

"그렇군요. 근데 할아버지, 도통 이 기운이 늘지를 않아요. 어찌 된 거죠?"

요즘 서연의 제일 골칫거리는 천선지기가 잘 늘어나지 않는다는 점이다.

이왕지사 내기를 익혔다고 들킨 상황이니 이 기회에 암왕에게 문제점에 대해 물어보자는 생각이 들었다.

그렇게 서연은 암왕에게 천선지기의 수련에 대한 이야기를 꺼냈다.

서연의 이야기를 곰곰이 듣고 있던 암왕은 이내 정리가 되었는지 말을 이었다.

"음, 나도 선천지기의 수련법에 대해선 잘 모른다. 그러나

한 가지 들어본 바가 있지. 선천지기를 사용하는 무학은 이른바 깨달음의 무학이란 점이야."

"깨달음의 무학이요?"

서연은 깨달음의 무학이라는 소릴 처음 들어봤기에 뭔가 물었다.

"그래, 선천지기란 것은 후천지기에 비해 그것을 느끼기도 힘들지만 모으기도 힘들다고 전해지지. 그런데 그런 선천지기도 쉽게 모을 방법이 있단다."

"그게 뭔가요?"

서연은 쉽게 진기를 모을 방법이 있다고 하자 놀라 물었다.

"바로 깨달음이란다."

"깨달음이요?"

"그래. 너는 무학이란 게 뭐라고 생각하느냐?"

"음, 그거야……."

서연이 생각해 본 적이 없는 듯 어물쩍거리자 암왕이 그런 서연을 보며 자신의 생각을 말했다.

"무학이란 나의 생각으론 정신과 육체의 조화를 이루는 것이라고 생각한다."

"조화요?"

"그래, 조화. 결국은 그거란다. 후천지기의 무학이 신체를 갈고닦아 정신적인 성장을 유도한다면 선천지기의 무학은 그 반대란다. 정신적인 깨달음을 통해서 육체적인 성장을 얻지."

"아!"

서연은 암왕의 말에서 후천지기와 선천지기의 무학에 대해 겨우 개념을 잡을 수 있었다.

"그래서 선천지기의 무학은 깨달음을 통하면 금방 진기를 늘일 수 있는 것이다."

"아, 그럼 전에 갑자기 콩알만큼 늘어난 게 깨달음을 얻어서인가요?"

"그렇지. 내가 보기엔 그 한택이란 청년과 어머님의 관계를 보고 네가 느낀 바가 있었던 것 같구나."

"부모님의 사랑에 대해서 느낀 바가 많았어요."

"그래, 그런 정신적인 성장이 바로 선천지기를 늘이는 깨달음이란다."

"아, 그렇군요. 그러나 그런 기회가 쉽게 오긴 어려울 것 같은데."

"어렵지. 그러니 강호의 무부들이 항상 깨달음이 오기를 항상 바라는 것이 아니냐?"

서연은 그제야 어째서 천선지기가 좁쌀만 한 크기에서 콩알 정도로 커졌는지 이해할 수 있었다.

"그런 깨달음 없이도 진기를 좀 더 늘일 수 있는 방법이 있을까요?"

"그야 간단하지."

"간단하다고요?"

"네가 해석한 바에 따르면 그 운공법이 기초 운공법이라 하지 않았느냐. 생각해 보거라. 기초 운공법이 있다면 그다음도 있지 않겠느냐? 아무리 선천지기가 후천지기에 비해 느리게 모인다고 해도 일 년 새에 아무런 발전이 없다는 건 말이 안 된다. 아마 발견된 운공법이 문제겠지."

"결론은 깨달음이란 걸 못 얻으면 운공법의 후속편을 구해라 이거군요.

"그렇단다. 허허."

서연은 이 길고 긴 토론의 결론이 그 이전에 정했던 운공법의 후속편을 찾으라니 허탈할 수밖에 없었다.

나름 선천지기의 무공에 대해서 몰랐던 걸 알 수 있었던 점은 맘에 들었지만.

"그나저나 언제 그리 의술을 배웠더냐? 네 덕분에 쉽게 사태를 해결했구나. 저번에 미현이 할멈 일도 그렇고 네 덕이 크구나."

"뭘요. 운이 좋았죠. 근데 범인은 찾았나요?"

"암비각에서 향낭을 팔던 가게를 찾았을 땐 이미 주인은 죽고 없더구나."

"누군가가 끈을 끊은 거군요."

만가철방에서 서연과 당초원이 돌아온 후 당가에서는 서연과 함께 향낭을 조사했다.

서연은 전생의 다큐멘터리에서 수은 가루를 모래 위에 올린 후에 불을 붙이면 마치 나무뿌리처럼 부풀어 오는 것을 봤다.

그 기억을 떠올린 서연은 하얀 가루를 불에 붙여보았는데 역시나 수은인지 나무뿌리처럼 부풀어 올랐다.

수은임이 확실해지자 다음은 일사천리였다.

피해를 입은 당가타의 주민들에게서 향낭을 회수하는 한편 특효약인 토복령을 구해서 치료해 나갔다.

그리고는 향낭을 판 가게를 조사하기 위해 암비각 요원들을 파견했지만 이미 늦은 모양이었다.

"가게의 주인이 죽어 증거는 없지만 누군가 심정적으로 의심이 가는 이는 있단다."

"그게 누군데요?"

서연은 누가 과연 이런 못된 짓을 했는지 궁금했다.

"일단 의심이 가는 이는 황금전장의 소장주란다."

"황금전장이라면 황금벌의 삼대세력 중에 하나인 그 황금전장을 말씀하시는 건가요?"

"그래, 그 황금전장이 맞다."

"제가 알기론 당금 전장주는 훌륭한 분이라고 들은 것 같은데 어째서……?"

"그래, 당금의 전장주인 호승은 훌륭한 사람이다. 특히 어려운 이들을 위한 저리의 대출 상품들은 큰 칭송을 받았지."

"그런 황금전장에서 어찌 이런 일을……?"

서연도 황금전장주의 좋은 소문을 자주 들어왔기에 의아했다.

"호승은 훌륭한 인물이지만 그의 아들인 호유기는 다르다. 전장주의 방식과는 다르게 수단과 방법을 가리지 않고 돈을 번다고 소문이 자자하지."

"그럼 황금전장에 연락을 취해서 크게 혼을 내야지 왜 이러고 있으세요?"

"그게 증거가 없구나. 더군다나 호유기의 뒤에는 관부가 있어서 건들기가 애매하구나."

"증거가 없는데 왜 그가 배후라고 생각하세요?"

"그게 기존에 향낭을 팔던 가게를 망하게 하고 한 달 전부터 새로운 주인이 집어넣은 것이 바로 그란다. 그리고 나서 수은이 담긴 향낭이 팔리기 시작했으니 의심해 볼 만하지 않느냐?"

서연은 암왕의 말을 듣고는 그에 대한 의심이 이해는 갔다. 하지만 내심 이상한 점이 많았다.

"음, 왜 그러느냐? 뭔가 이상한 게냐?"

서연이 뚱한 표정이자 암왕이 물었다.

"네, 몇 가지 이상한 점이 있어서요."

"그게 무엇이냐? 뭐가 이상하다는 것이냐?"

"우선 물어볼 게 있는데, 그 호유기란 사람; 말을 들어보니 돈에 집착이 강한 사람 같은데 그런가요?"

"내가 알기론 돈에 관한 한 지독한 녀석으로 알고 있다. 그러니 이런 일도 벌이지."

"또 한 가지는 호유기의 출생지가 어딘지 하는 거예요."

"내가 아는 바로는 황금전장이 있는 악양인 걸로 알고 있다. 거기서 태어나고 자랐지."

"음, 그렇다면 더 이상한걸요?"

서연이 더 이상하다고 말하자 암왕은 의미심장하게 웃으며 말했다.

"그래, 뭐가 이상하단 말이냐?"

서연은 심각한 이야기 중에 암왕이 웃자 왜 그러는지 잠시 찡긋했으나 말을 이어나갔다.

"첫째는 수은이란 물질은 서역과 관계가 없는 이들이라면, 그리고 저 같은 의원이 아니면 잘 모르는 물질이란 거예요. 그런데 호유기는 어떻게 알았을까요? 줄곧 악양에서만 살아온 이가."

"그렇구나. 네 말대로라면 과거에 반입이 금지되었으니 일반적인 중원인은 잘 모르겠구나."

"네. 그리고 둘째는 수은의 가격이 매우 비싸다는 겁니다. 저리 많은 양을 뿌린 게 이상하지 않나요? 대체 당가타의 장인들이 병들면 자신에게 무슨 도움이 된다고요."

"그래, 호유기 같은 자가 큰 손해 보면서까지 이런 행동을 했다는 것이 이상하구나."

"그리고 마지막 세 번째는 너무나 뻔히 드러났다는 점입니다. 명색이 상인이란 자가 너무 쉽게 자신을 드러냈습니다."

"그도 그렇구나. 너무 쉽게 드러났다⋯⋯. 그럼 네가 생각하는 범인은 누구인 게냐?"

"그거야 모르죠. 다만 알 수 있는 건 범인은 서역과 관련이 있고 호유기를 그다지 탐탁찮게 여긴다는 정도일까요?"

서연의 추론이 타탕하게 보였는지 암왕이 수긍했다.

"그렇다면 호유기를 내세운 누군가가 뒤에 숨어 있다는 말이구나."

"네. 제 생각은 그러네요. 그게 누군지는 아직 모르겠지만 말이죠."

"하하, 역시 대단하구나. 암비각에서 올린 보고와 다를 바가 없어."

"예? 알고 계셨어요?"

서연은 암왕이 이러한 내용을 모르는 것 같아 열심히 설명했는데 이미 알고 있었다고 하니 갑자기 맥이 빠졌다.

"그렇단다. 처음엔 나도 호유기를 의심했지만 상인이란 자가 너무 쉽게 자신을 드러낸 것이 이상해서 다시 조사를 시켰단다."

서연은 이제야 아까 암왕의 웃음이 이해가 갔다.

"어쩐지. 근데 다 알고 계시면서 왜 모르는 척 저에게 물으신 거예요?"

"일전에 네 할애비가 편지로 네가 앞으로의 조정 상황을 예측할 걸 적어 보낸 적이 있다."

"헐, 할아버지가 그걸 편지로 알렸어요?"

"그래. 앞으로 조정 상황이 그리될 것 같으니 당가 운영에 참고하라고 말이다. 나 역시도 네 생각이 옳다 여겨지더구나."

"에이, 다 예측일 뿐인데요, 뭘."

"그렇게 말한다면 암비각의 조사 내용도 일단 추측일 뿐이다. 그 때문에 혹시나 이번 사건에 대해 네 의견을 듣고 싶었다. 역시나 우리 예상과 같은 답이 나오는구나. 그리 알고 진행해도 되겠어."

암왕은 말은 덤덤하게 하면서도 크게 놀라고 있었다.

어려서부터 천재로 불릴 정도로 뛰어난 재능을 지녔음은

알고 있었지만 이리 큰 혜안을 지닌 줄은 몰랐기 때문이다.

'우리 윤이는 언제 연이처럼 철이 들꼬. 며늘아기가 너무 오냐오냐하니.'

특히나 철없는 자신의 손자와 서연을 비교하자 장가장의 친우가 부러워졌다.

"할아버지, 그럼 오늘 절 찾은 게 그 때문인가요? 그렇다면 좀 더 자세히 설명해 주세요. 제가 어려도 조언 정도는 해드릴 수 있는데."

"아니다. 이건 당가의 문제다. 내 호기심에 이야기를 꺼냈지만 이런 문제에 연이 네가 얽히는 건 옳지 않은 듯하구나. 괴의를 찾아가는 것이 우선이 아니냐?"

"그럼 절 찾으신 용무는 이게 단가요?"

"아차, 쓸데없는 걸 물어보느라고 실제 용건을 깜박했구나. 실은 만가철방에서 네 물품 다 만들었다고 연락이 왔다."

"헐, 벌써요? 어르신께서 무리하신 것 아닌가요?"

"아니다. 나랑 그 친구가 알고 지낸 지도 근 사십 년이야. 그 정도로 몸 상할 친구는 아니니 걱정 말거라."

만가철방의 만 노인과 암왕 당일환은 어릴 적부터 알고 지낸 친우 사이이다.

그래서 암왕이 서연에게 더 고마움을 느끼고 있었는데, 나이가 들면 들수록 그런 친구 한 명 한 명이 소중한 그였다.

"아, 그럼 지금 찾으러 가면 되나요?"

"아니다. 내일 찾으러 오라더구나. 내일 사람을 붙여줄 테니 같이 찾으러 가거라."

"아, 아니에요. 혼자서도 충분해요. 그럼 볼일은 다 보신 거예요?"

"그래. 네 너를 부른 이유가 그 때문이지. 근데 넌 볼일이 남은 모양이구나. 그렇게 빤히 날 쳐다보는 걸 보니."

"저도 할아버지께 한 가지 질문드릴 게 있거든요."

"그래, 무엇이더냐?"

"그 목간 때문이에요. 목간을 구하신 그 토굴을 찾아보고 싶은데 혹시 위치가 기억나세요?"

"음, 그곳 말이냐? 혹시나 운공법의 후속편에 대한 것 때문이냐? 그 때문이라면 찾아봐야 소용없을 게다."

암왕은 서연이 질문한 의도를 알겠다는 듯이 말을 건넸다.

"아! 당시에 조사를 하셨나 보군요?"

서연은 그런 암왕의 대답에 아쉬워하며 물었다.

"처음 그 목간을 구했을 때 왠지 상서로워 보였단다. 그래서 당가에 도착하는 즉시 사람들을 보냈지. 그런데 아무리 살펴봐도 별다른 건 없었단다."

"그랬군요. 그래도 혹시 모르니 위치를 알 수 있을까요?"

"당시 기록이 어딘가 남아 있을 테니 나중에 사람을 시켜 네게 보내마. 시간이 늦었구나. 얼른 나가보거라. 나도 네 추측을 듣고는 더 확신이 생기니 가주랑 의논을 좀 해봐야겠다."

"그럼 쉬세요, 할아버지."

운공법의 후속편에 대한 생각을 하면서 서연은 그렇게 암왕의 처소를 나왔다.

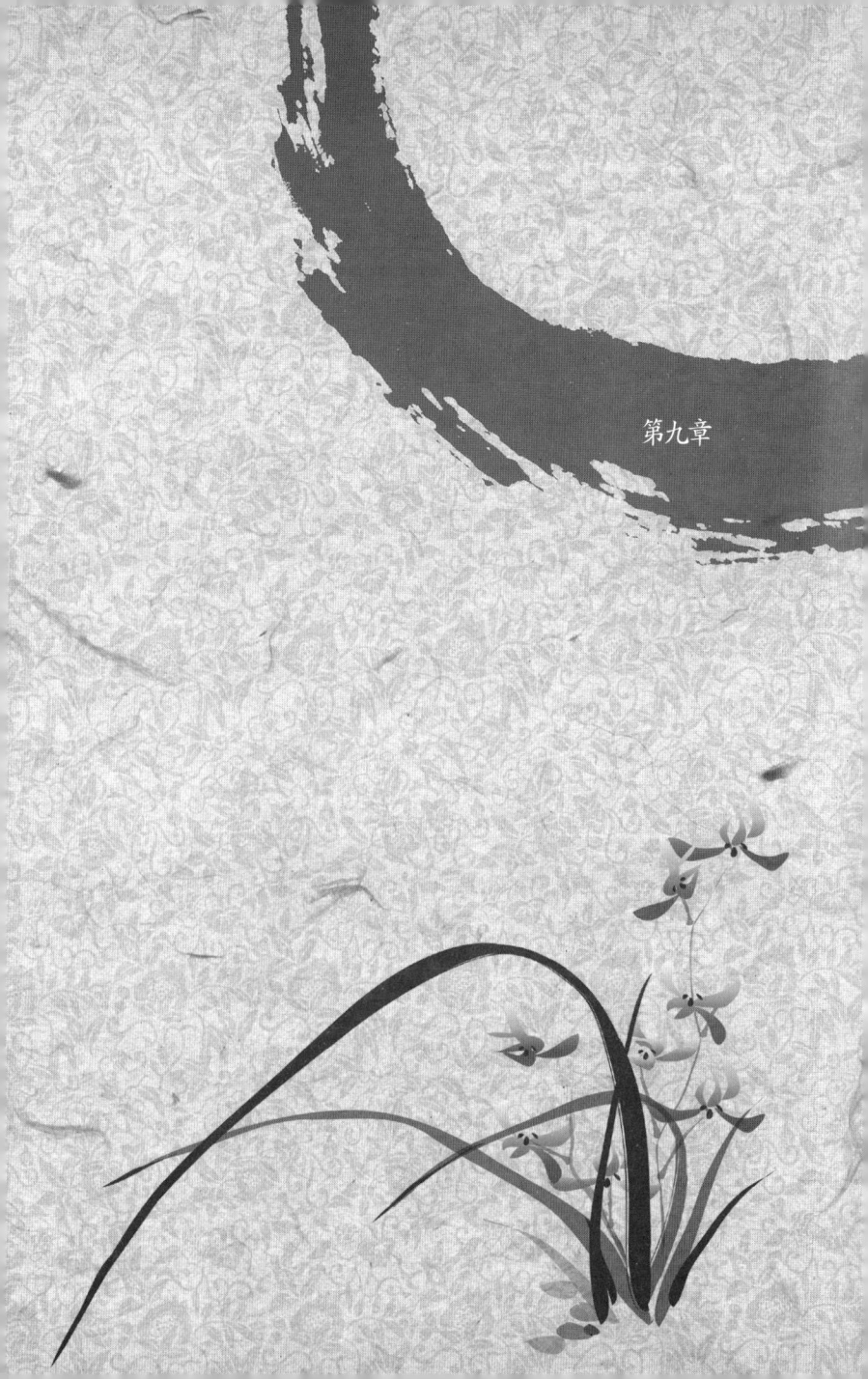

第九章

다음 날.

서연은 아침 일찍 일어났다. 철방에 가서 물건을 찾아오려면 준비가 필요했기 때문이다.

세안을 하고 아침밥을 먹은 후 방을 나서는데 어찌 안 것인지 미현이 백구와 함께 찾아왔다.

늦잠꾸러기인 평소의 모습과 다른 미현의 기상에 서연은 잠시 놀랐지만 이내 함께 만가철방으로 향했다.

"허허, 왔구먼. 이리로 오게."

"안녕하세요, 어르신."

"할아버지, 안녕하세요."

컹컹!

서연 일행이 만가철방에 도착하자 저번처럼 만 노인이 마중을 나와 일행을 맞았다.

"어르신, 이제 몸은 괜찮으세요? 왜 나와 계세요?"

"허허, 꼬마의원 덕분에 좋아졌다네. 자네가 권한 그 반신욕인가 뭔가 하니 훨씬 좋아지더구만."

서연은 몸에 쌓인 수은을 배출하기 위해 땀을 빼는 방법으로 이불을 덮기보단 반신욕을 권했다.

토복령이 수은의 배출에 도움을 주지만 일부러 땀을 배출하면 그 속도가 빨라지기 때문이다.

그리고 그 반신욕이 큰 도움이 된 듯 만 노인의 상태는 크게 호전되어 보였다.

"역시 땀 빼는 데는 반신욕이 최고죠. 잘됐네요. 혹시나 해서 권해본 건데."

"덕분에 자네가 의뢰한 물품을 이리 빨리 만들 수 있었지. 아, 그러지 말고 이리 오게. 완성된 걸 보러 가야지?"

만 노인은 이렇게 말하고는 서연을 창고로 데리고 갔다.

창고는 만가철방에서 대대로 내려오는 곳으로 선대에서부터 제작되거나 수집한 물품들을 정리해 두고 있었다.

서연이 의뢰한 물품 역시 여기에 보관 중이었는데 창고 입구 쪽에 쌓여 있었다.

"자, 이거네. 어떤가?"

"안 그래도 생각보다 일찍 완성되어서 대충 만들었나 했는데 매우 정교하게 잘 만드셨네요. 재료들도 고급스러워 보이는데 너무 무리하신 거 아니신가요? 저 돈도 없는데."

서연은 아무래도 만 노인의 몸 상태가 그러니 의뢰한 물품에 하자만 없으면 된다고 생각했다.

그러나 완성된 물품의 상태는 최상이었다.

특히나 원재료가 상질인지 빛깔이나 재질 등이 모두 특별해 보였다.

"무리는 안 했으니 걱정 말게나. 그동안 망치질을 못해서인지 몸이 뻐근했는데 오랜만에 휘두르니 몸이 개운하고 좋아."

"아, 그동안 많이 답답하셨겠네요. 이리 정정하셔서 다행입니다. 그래도 재료가 너무 좋아 보이는 것이 부담스럽네요."

"하하, 재료값은 이미 당가에서 다 처리했으니 걱정 말게."

"아, 당가에서. 그리고 말 편히 하세요. 암왕 할아버지 말씀이 어릴 적 동무시라던데 손주처럼 대하세요."

"아, 그 당가 늙은이가 그리 말하던? 친우라고? 나이도 한 살 어린 넘이 항상 맞먹지. 에잉."

"하하, 한 살 많으시군요. 여하튼 말 편히 해주세요. 아니면 제가 불편해요."

"그래, 알겠다. 그럼 손주면 나한테도 손주지. 우리 꼬마숙녀도 괜찮니?"

"네, 할아버지. 손녀처럼 대해주세요. 헤헤."

"허허, 대답도 참 예쁘게 하는구나. 그 꼬장꼬장한 당가 녀석에게서 어찌 이리 귀여운 손녀가 나왔을꼬?"

미현의 대답이 귀여워서일까, 만 노인은 이런 손녀를 가진 암왕이 부러워졌다.

"헤헤, 다들 할머니 닮았대요."

"그래, 그러고 보니 제수씨 젊었을 때랑 판박이구나. 허허, 네 할머니도 젊어서는 꼭 너처럼 고왔단다."

"울 할머니, 지금도 고와요."

"그래, 지금도 고우시지. 내가 실수했구나. 허허허."

만 노인은 예전 당가로 시집올 당시의 송씨 모습이 떠오르는 듯 말했다가 미현의 타박에 아차하며 실수를 인정했다.

"아, 그나저나 저 이거 자세히 살펴봐도 되나요?"

만 노인과 미현이 대화를 하는 중에 서연이 물었다.

아까부터 의뢰한 물품에 신경이 쓰이던 서연이 결국 참지 못하고 물어본 것이다.

"그래. 네 생각을 못했구나. 얼른 물품들이 보고플 테지.

허허."

"헤헤, 죄송해요. 얼른 살펴보고 싶은 맘에 대화에 끼어들어서."

"아니다. 나도 설계도를 보고 만들기는 했지만 어떻게 사용하는지 궁금한 물품들이 많더구나. 설명을 부탁해도 될까?"

서연의 말에 만 노인은 미현과의 대화를 끊고 물품 쪽으로 다가왔다.

자신이 만든 물품이지만 그 사용법에 대해 묻고 싶은 바가 많았기 때문이다.

"몇몇은 원리를 모르면 헷갈릴 수 있죠. 우선 이 약탕기는요……."

"아, 그렇구나. 그럼 이 약초 가위는……."

"네, 잘 아시네요. 그래서 이곳에 용수철이……."

서연은 만 노인의 질문을 듣고는 그에 답하며 물품의 사용 원리 등을 설명했다.

그리고 그런 그들의 대화는 시간이 지나면서 만 노인이 그 원리를 이해하기 시작하자 서로 의견을 나누는 토론의 장으로 변해 갔다.

"에효. 저 오빠는 항상 어디에 빠지면 난 뒷전이지. 백호야, 우리 창고 구경이나 하자."

서연과 만 노인이 갑자기 자신에게 관심을 끊고 대화에 집중하자 미현은 심심해질 수밖에 없었다.

무료해져 투덜대며 주변을 두리번거리는데 그런 미현의 눈에 창고의 물품들이 들어왔다.

"오! 신기한 게 많네!"

물품들은 검, 비도 같은 무기에서부터 철주전자 같은 생활용품까지 종류가 다양했다.

특히나 창고 안쪽으로 갈수록 그 역사를 대변하듯 오래된 물건들이 많아 더욱더 미현의 눈길을 끌었다.

미현은 물품들을 보는 재미에 빠져 어느새 서연과 만 노인에 대한 서운함은 잊어버렸다.

컹컹!

"백호야, 왜 그래? 어디 가?"

미현과 백구의 창고 탐방은 창고의 제일 안쪽까지 이어졌다.

한데 창고의 끝에서 갑자기 백구가 구석 쪽으로 달리기 시작한 것이다.

"우씨! 백호! 거기 안 서? 응? 우와! 이게 뭐야?"

백호를 따라잡고 혼을 내려는 순간 무언가 미현의 눈동자에 잡혔다.

"우와! 여긴 철제 제품이 아니라 청동 제품들이네. 이야,

예쁘다!"

백호와 미현이 들어온 창고 맨 안쪽의 구석자리에는 청룡언월도를 쥔 채 서 있는 관신의 상부터 살아 움직이는 듯한 청룡의 상까지 여러 가지 청동 조각상들이 놓여 있었다.

그중에서 미현의 마음을 가장 사로잡은 조각상은 나비상이었다.

나뭇가지 위에서 나비가 날아오르려는 모습을 표현하고 있었다.

컹컹! 컹컹!

"얘가 왜 이래? 어서 못 봐? 나비상에 뭐가 있니?"

한참을 그렇게 나비상을 쳐다보다가 미현이 돌아서려고 할 때였다.

갑자기 백호가 나비상의 주위를 돌면서 짖고는 미현의 치맛단을 물고 못 가게 당겼다.

그러고는 나비상의 한 부분을 혀로 핥아대기 시작했다.

"백호야, 더럽게 뭘 핥니? 음? 반짝거리네?"

백호의 이상한 행동에 미현은 왜 그러냐는 듯 나비상을 살폈다.

백호가 핥은 곳은 나비와 나뭇가지 사이의 연결 부분이었는데 무언가가 햇빛에 반사되어 반짝거리고 있었다.

"우아! 빨간 보석이다! 음, 이상한 새네?"

미현이 발견한 것은 붉은색의 홍옥이었는데 이상한 새 모양이 조각되어 있었다.

날개를 활짝 펼치고 긴 목을 내밀려 하늘을 나는 듯한 모양의 조각은 누가 봐도 봉황이었으나 미현은 그게 뭔지 알지 못했다.

"음, 이거 박혀 있네? 안 빠져."

홍옥은 청동상에 박혀 있었는데 미현이 힘을 주자 빠질 듯하면서도 빠지지 않았다.

"아, 자세가 불편해. 윽! 우차!"

미현은 청동상들이 모여 있어서 자세가 나오지 않자 나비상을 들어 반대쪽으로 옮겼다.

"후아! 조그만 게 되게 무겁네. 이제 빼볼까?"

'끙!'

나비상을 옮기고 미현은 자리에 주저앉아 홍옥을 빼내기 위해서 힘을 주기 시작했다.

"윽! 좀 빠져라. 이얍!"

뽁!

"으악!"

쿵!

우당탕!

온 힘을 다해 뽑는 바람에 미현은 뒤로 넘어질 수밖에 없었다.

문제는 미현의 바로 뒤에 서 있던 관신의 청동상.

당연히 그 관신상은 미현의 힘에 밀려 넘어질 수밖에 없었다.

이는 볼링 핀이 쓰러지듯 다른 청동상을 무너뜨리는 연쇄효과를 낳았다.

"콜록콜록! 우엥? 이게 뭐야?"

먼지가 흩날려 콜록대던 미현은 엉망이 된 주변을 보곤 울먹였다.

"미현아, 안 다쳤어?"

"괜찮으냐?"

컹컹!

청동상이 넘어지는 소리에 놀란 서연과 만 노인이 급히 달려와서는 미현의 상태를 살피며 물었다.

"훌쩍. 응. 안 다쳤어."

"에고, 이 기집애가. 도대체 여기서 뭐했기에 이 난장판이야. 하루에 한 번은 꼭 사고를 치네."

서연은 미현이 괜찮아 보이자 놀란 가슴을 쓸어내리고는 놀란 만큼 화를 내었다.

"훌쩍. 그게… 창고를 구경하다가 백호가 뛰어가서……"

서연을 보자 놀란 맘이 좀 가라앉은 미현이 그동안의 상황을 설명했다.

"그러니까 나비상에 박힌 보석을 뽑으려다가 넘어져서 이렇게 되었단 말이니?"

"응. 이게 그 보석이야."

"응? 이거 비녀잖아. 우와! 홍옥에 봉황 조각이라……. 엄청 귀한 건가 보다. 할아버지, 이거 아셨어요?"

서연은 미현이 내미는 홍옥 비녀를 보자 귀해 보여서 만 노인에게 물었다.

"글쎄다. 창고 안쪽의 물품들은 다 선대로부터 내려오는 것들이라 처음 보는구나. 한데 그 홍옥, 단순한 홍옥이 아니라 온옥 같구나."

"온옥이라구요? 그게 뭐예요?"

만 노인은 그리 말하며 서연에게서 홍옥비녀를 받아 손에 쥐어보고는 설명해 주었다.

"온옥은 홍옥 중에서도 특별한 홍옥이란다. 화산지대에서 주로 채굴되는데 자체에 열기를 지녀서 이렇게 손에 쥐면 항시 따뜻한 느낌을 준단다."

"그렇다면 매우 귀한 물품이군요?"

"그렇지. 온옥이라면 금값의 열 배는 나가지. 특히나 이 봉황 조각, 굉장하구나. 너무나 정교해."

서연은 만 노인의 말을 이해할 수 있었다.

봉황 조각상은 그 깃털 하나하나까지 매우 정교하게 조각되어 있었다.

"우엥? 이게 그렇게 비싼 거예요?"

내심 온옥 비녀를 가지고 싶었던 미현이다.

그런데 그것이 매우 귀하다고 하자 조바심이 났다.

"허허, 우리 꼬마숙녀가 이게 가지고 싶었던 모양이구나. 찾은 사람이 임자지. 가지려무나."

만 노인은 그런 미현의 모습에 이해가 간다는 듯 웃으면서 비녀를 미현에게 건네주었다.

"아니, 이 귀한 것을 함부로 주시다니요. 미현이 너, 얼른 안 돌려드려?"

"싫어. 내 거야. 할아버지가 주셨잖아."

서연은 비싼 온옥 비녀를 받는 게 미안해 미현에게 돌려주라고 했다.

하지만 이미 온옥 비녀에 마음이 꽂힌 미현이 돌려줄 리 만무했다.

"허허, 괜찮다. 앞에서 말했듯이 당가 놈 손녀면 나한테도 손녀인데 그 정도도 못 주겠느냐."

"헤헤, 철방 할아버지 최고! 쪽."

"허허허, 내가 당가 놈 하나도 부러울 것이 없었건만 이 꼬마숙녀를 보니 갑자기 부러워지는구나. 그놈에게서 어찌 이리 귀여운 손녀가 나왔을꼬."

미현이 고마움의 표시로 안겨서 볼에 뽀뽀를 작렬하자 만 노인은 그만 녹아들었다.

그렇게 서연은 또 한 명의 미현 추종자의 탄생을 지켜볼 수밖에 없었다.

"아무리 그래도 저게 얼마짜린데. 에효, 저 철딱서니하고는. 쯧."

"허허허, 괜찮대도 그러는구나."

"네, 할아버지. 그나저나 이 기집애야, 이거 안 치워? 사고는 네가 치고 치우긴 내가 해야 해?"

서연은 아까부터 쓰러진 청동상들을 세워 정리하고 있었다.

그러기에 만 노인에게 안겨 홍옥에 정신이 팔려 있는 미현을 보자 절로 성질이 튀어나왔다.

"알았어. 치우면 되잖아, 치우면. 남자가 그것도 못 해주냐?"

"거기서 왜 남자가 나와? 여하튼 이거 같이 들자. 혼자 힘드네."

서연과 미현은 그렇게 투덜거리면서 사이좋게 주변을 정리하기 시작했다.

"허허, 그러고 있으니까 꼭 둘이 십 년은 같이 산 부부 같구

나. 티격태격하면서도 사이가 좋아 보이는 것을 보니."

만 노인은 그런 둘의 모습이 보기 좋았는지 연신 웃음을 흘렸다.

"엥? 내가 이 천방지축이랑 부부라고요? 헐, 큰일 날 소리를."

"엉? 이 오빠가! 나같이 귀여운 신부가 어딨다고 튕겨? 흥! 나도 댁한테 관심 없거든."

"나도 너 같은 천방지축 관심 없거든요."

"흥! 누가 천방지축이야? 어디가 천방지축이야?"

"에효, 말을 말자. 얼른 안 치워?"

"예예, 치웁니다, 치워. 꼭 안 되면 말을 돌려."

둘은 그렇게 언쟁을 벌이면서 주변을 정리하기 시작했는데 그것이 또 만 노인의 눈을 즐겁게 했다.

"너희 그러니 꼭 부부싸움 하는 것 같구나. 허허허, 왜 이렇게 웃음이 나오누. 허허."

"할아버지, 부부싸움이라뇨?!"

부부싸움이라는 말에 서연과 미현은 동시에 만 노인을 향해 외쳤다.

"허허허, 이렇게 호흡이 척척 잘 맞지 않느냐? "

"그게……."

"끙!"

만 노인의 말에 둘은 서로를 바라보며 얼굴을 붉혔다. 그렇게 잠시 정적이 생기자 서연은 얼른 말을 이었다.

"에잇! 얼른 정리부터 하자."

"응."

"보기 좋구나. 좋을 때야. 좋을 때지. 허허허."

만 노인의 말이 이어질수록 둘은 붉어진 얼굴을 감추고자 고개를 숙이며 더욱더 정리하는 데 열중했다.

그리고 그런 모습을 보는 만 노인의 눈가엔 연신 주름이 잡혀 있었다.

*　　*　　*

만가철방에서 너무 오랜 시간을 보낸 탓인지 서연과 미현이 철방에서 나와 당가로 향하는 길엔 어느새 붉은빛의 노을이 져 있었다.

"후아! 생각보다 무겁네."

서연의 등에는 큰 배낭이 메어져 있었는데, 전생에서 쓰던 가죽 백팩 모양을 기억해 의뢰한 것이다.

배낭엔 서연이 의뢰한 각종 의료 물품이 가득 차 무거웠다.

또 미래에 덩치가 커질 자신을 대비해 배낭을 크게 주문했던지라 메고 다니기에 불편했다.

"괜찮아? 혼자 들 수 있겠어?"

"응. 혼자 들 만해. 대신 여기서 잠시만 쉬자."

"응. 무리하지 마."

"그래, 고마워. 아, 시원하다!"

서연은 말과는 달리 역시 힘에 부친 듯 배낭을 길옆에 내려 놓고는 잠시 쉬었다.

그러자 바람이 불어 서연의 머리카락을 시원하게 휘날렸다.

"오빠."

서연이 시원한 바람에 몸을 맡기고 그 느낌을 음미하고 있을 때 미현이 불렀다.

"응? 왜 그래?"

"오빠 언제 서안으로 떠나는 거야?"

"모레. 사천표국에서 그때 서안으로 가는 표행이 있다네."

"그렇게 빨리? 철방에서 물품이 빨리 나와서 일찍 가는 거야?"

"아니. 원래가 그때 출발할 예정이었어. 물품이 안 만들어 졌으면 표국에 배달을 부탁하려 했거든."

미현은 서연의 일정이 궁금한 듯 물었다.

"아, 그렇구나. 근데 꼭 가야 해?"

"왜, 오빠가 가니 섭섭해?"

"응, 섭섭해. 정말 가는 거야?"

쓰윽쓰윽!

서연은 섭섭해하는 미현의 머리를 쓰다듬어 주었다.

"녀석, 오빠 꿈이야. 병에 힘들어하는 사람을 돕는 게 오빠 오랜 꿈이거든."

"꿈이라……. 근데 집에서는 의술 못 배워?"

"의원이 다루는 건 바로 사람 목숨이야. 그래서 오빠는 제대로 배우고 싶어. 천하제일의원이라는 분에게 말이야."

미현은 그렇게 꿈을 이야기하는 서연이 멋져 보였다.

평소의 장가장에서 약간 자뻑기 있는 모습과는 다르게.

"그럼 천하제일의원이란 분이 서안에 있는 거야?"

"그래. 그러니 오빠가 가려고 하는 거지."

"아, 그렇구나."

"근데 오빠가 왜 서안에 가는지도 모르면서 따라온다고 한 거야?"

"헤헤헤."

"쯧, 네가 그렇지. 나 없으면 네 사고는 누가 수습한다냐? 걱정이다, 걱정."

"흥! 그러니까 오빠, 빨리 배우고 와."

"너 때문에라도 빨리 배워야겠다. 하하하!"

"오빠는 천재니까 금방 배울 수 있을 거야. 빨리 와."

서연은 미현이 평소와는 다르게 자신을 칭찬하자 놀랐다.

"우리 미현이, 오빠 간다니 칭찬도 다 해주네. 자주 떠나야겠다."

"우씨! 그만 놀려."

"하하하, 알았어. 안 놀릴게. 응? 그거 줘봐."

서연은 웃으며 미현을 바라보다가 손에 쥔 비녀를 가리켰다.

"이거?"

"그래. 오빠가 머리 해줄게. 이런 거 안 해봤지?"

"응. 오빠가 이런 것도 할 줄 알아?"

'전생의 어머니 덕분이지.'

전생의 어머니가 비녀 같은 것을 이용해 올림머리를 자주 한 탓에 서연은 어떻게 하는지 알고 있었다.

"앞에 서봐. 오빠가 예쁘게 해줄게."

"응."

서연은 그렇게 말하고는 미현을 앞에 놓고 머리를 매만지기 시작했다. 그러자 미현은 부끄러운 듯 고개를 살짝 숙였다.

"얘가 왜 고개를 숙이고 그래? 바로 좀 들어봐. 그래, 옳지."

그러길 얼마 후, 비녀가 머리카락에 꽂히자 올림머리가 완성되었다.

'오, 이렇게 하니 더 예뻐 보이네. 왜 이렇게 가슴이 뛰지? 아까 만 할아버지가 부부니 뭐니 해서 그런가?'

미현이 올림머리를 하자 어려 보이던 외모가 성숙해 보이기 시작했다.

서연은 그런 미현이 모습이 낯설고 아름다워 보여 가슴이 쿵당쿵당 뛰기 시작했다.

"다 됐어? 어때? 나 예뻐?"

"응, 그게… 예뻐."

"정말?"

"그래, 정말 예뻐."

"헤헤. 나 오빠한테 예쁘다는 말 첨 들어봐. 다른 사람들은 맨날 해주는데. 그래서 왠지 더 기뻐."

미현은 서연의 칭찬에 매우 기분이 좋아져 귀엽게 웃었다.

"크음, 그게… 평소에도 이렇게 조신하게 행동해 봐. 절로 예쁘다는 소리가 나오지."

"그럼 조신하게 행동하면 구박 안 하고 예뻐해 줄 거야?"

"당연하지. 조신하게 행동하는데 구박할 건더기가 있겠냐?"

서연은 그런 미현의 질문에 조신해진 미현의 모습을 떠올렸다.

'이게 뭐야? 말도 안 돼.'

서연은 말도 안 된다며 경악했다.

올림머리에 조신해진 미현의 모습을 떠올리자 그 모습이 마치 자신의 이상형과 같았기 때문이다.

'비녀를 꽂은 전생의 어머니를 닮은 머리 스타일, 오뚝 솟은 콧날, 앵두 같은 입술, 초롱초롱한 눈망울. 말도 안 돼. 이거 전생의 어느 연예인 못지않잖아. 아냐, 아냐. 서연아, 미쳤구나. 얘는 그 천방지축 백지소녀 장미현이라고.'

서연은 상상 속의 미현의 모습이 점점 머릿속을 차지하자 말도 안 된다며 고개를 절레절레 흔들었다.

"오빠, 물어볼 게 있는데……. 근데 왜 그렇게 머리를 흔들어? 어디 아파?"

미현은 서연이 고개를 절레절레 흔들며 뭔가 괴로워하는 모습에 걱정이 되었다.

그리고 열이라도 있는지 보기 위해 한 손으로 서연의 머리를 짚었는데 이것이 서연을 더욱 당황스럽게 했다.

"아, 아니, 아프긴 어디가 아프다는 거냐?"

미현의 손길이 이마에 닿자 서연은 금세 얼굴을 붉어졌다.

왠지 자신의 내심이 미현에게 들킨 건 아닌가 한 것이다.

"음, 얼굴도 갑자기 붉어지고, 열나는 거 아니야?"

"아냐. 잠시… 그래, 더워서… 더워서 그래. 그나저나, 아까 뭘 물어보려고 한 거 아니야?"

서연은 미현이 자꾸 자신의 상태에 대해 캐묻자 얼른 화제
를 돌렸다.

"아, 별거 아닌데……."

"그 별거 아닌 게 뭔데?"

"그게 그러니까… 오빠, 조신 조신 하는데 그 조신이란 게
뭐야? 어떤 게 조신하는 행동인데?"

'쩽!'

서연은 미현의 질문을 듣는 순간 머릿속의 미현의 모습이
깨지는 걸 느꼈다.

"하아! 조신도 모르냐? 네가 그러면 그렇지. 내가 미친 거
지."

"미쳤다니 뭔 소리야? 그나저나 조신이 뭐냐니까?"

"그건 네가 알아서 알아봐. 오빠 머리가 아파서 답 못하겠
다. 그나저나 백부님 기다리실 테니 얼른 가자."

서연은 자신의 망상이 깨지자 미현의 물음도 무시하고 내
려둔 배낭을 메고는 당가로 향했다.

"아깐 괜찮다며. 조신이 뭐냐니까?"

그런 서연의 뒤로 미현이 따라다니며 연신 조신에 대해 물
었지만 서연은 대답할 생각이 없어 보였다.

그렇게 당가로 돌아가는 서연이나 미현은 알지 못하는 것

이 한 가지 있었다.

누군가가 미현의 머리에 꽂아놓은 봉황비녀를 눈여겨보고 있었다는 것을 말이다.

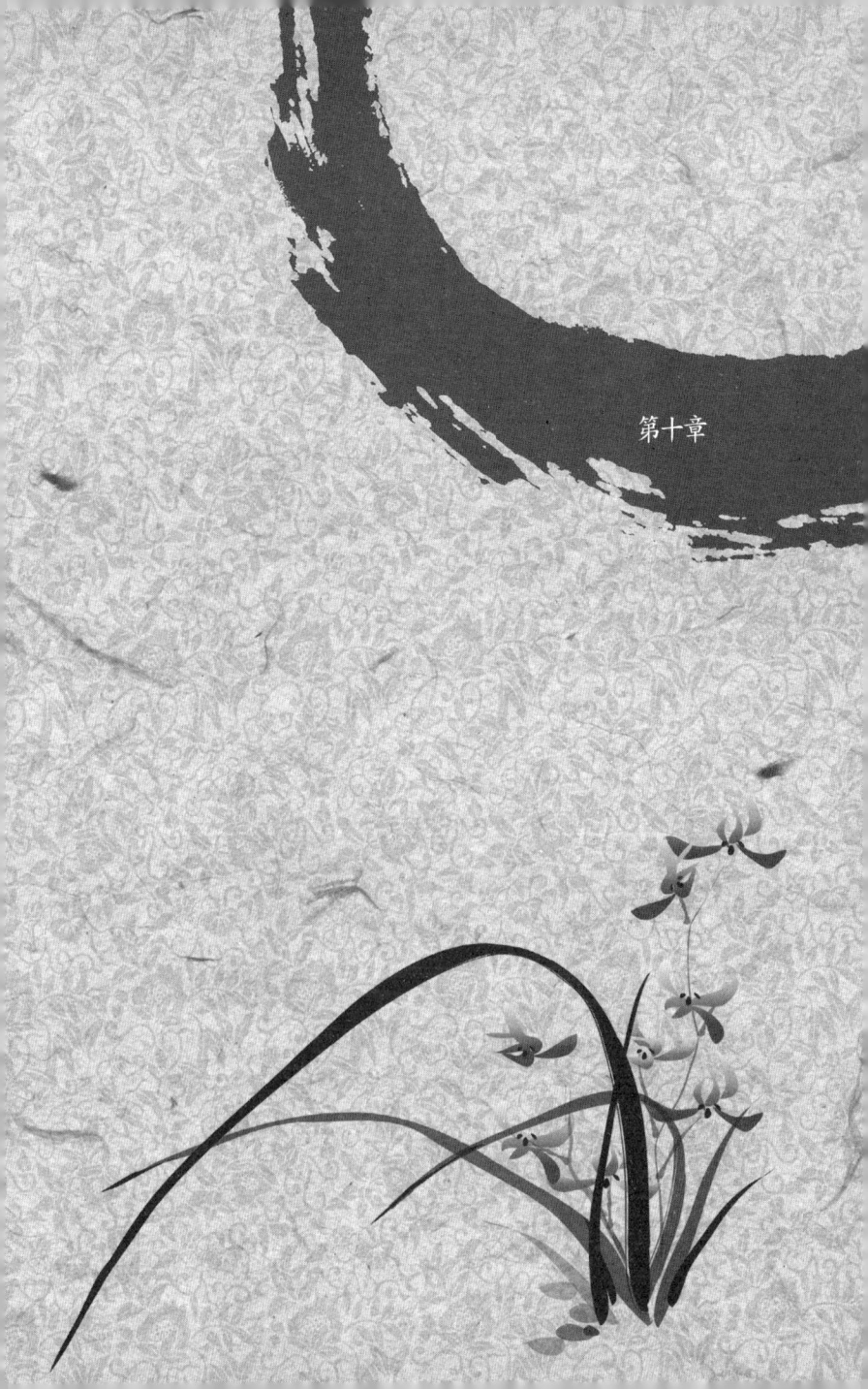

第十章

이틀 후.

당가의 정문 앞에선 서연의 배웅이 이어지고 있었다.

당가에서 일을 마친 서연이 여산으로 떠나는 것이다.

당가 인물들과는 이미 안에서 인사를 마쳤는지 정문 앞에는 서연과 장섭, 미현 일행만이 있었는데 누굴 기다리는지 주변을 살피고 있었다.

이윽고 일단의 무리가 눈앞에 보이기 시작하자 장섭이 그들을 반기며 말했다.

"아, 이제야 오는구나."

"네, 저들이 왔으니 백부님도 이제 출발하셔야죠."

서연 또한 당가로 다가오는 일단의 무리를 보며 말을 이었다.

이삼십 명쯤 되어 보이는 이들은 서연의 여산 행에 동행하게 될 사천표국의 인물들이었다.

"아니다. 네 녀석 출발하는 건 봐야지. 그나저나 혼자서 괜찮겠느냐?"

사천표국의 일행이 오고 이제 서연이 떠날 때가 되자 혼자 보내기가 걱정스러운지 장섭이 물었다.

"제 나이가 이제 열다섯입니다. 걱정 마세요. 그리고 이분들이 다 안내해 주실 텐데 괜한 걱정이세요."

그런 장섭의 걱정에 서연이 일단의 무리를 가리키며 말하자 그들 중 한 사람이 나섰다.

"걱정 마십시오. 공자님은 저희가 안전하게 모시겠습니다."

그는 서연의 여산 행을 책임질 사천표국의 표두인 우칠이었다.

그는 표국 일을 한 지 이십여 년이나 된 경험자로 어린 소년 하나 여산으로 안내하는 일은 그에게 그리 무리한 일은 아니기에 자신 있게 대답한 것이다.

"그런가? 내가 알기론 이번 사천표국의 표행이 서안까지만 이어진다고 들었는데."

본시 사천표국의 이번 표행은 서안까지만 이어질 예정이 었다.

그러나 사천에서 표국 일을 하면서 당가의 부탁을 거절할 수는 없는 일.

그는 서연의 여산 행이라는 과제를 하나 더 짊어질 수밖에 없었다.

"걱정 마십시오. 서안에서 여산까지는 하루 거리입니다. 마침 표사 중에 그곳 출신이 있으니 그에게 공자님의 호위를 맡길 참입니다. 표양이 어디 있는가?"

장섭의 말에 우칠이 대답하며 누군가를 찾았는데, 그는 서 연이 찾아갈 여산이 고향인 표사 표양이었다.

"네, 우 표두님! 하하하! 이 공자님이 사천 소거인이란 그분 이시군요. 아, 반갑습니다. 표사 표양이라고 합니다."

우칠의 부름에 누군가 대답하며 나섰다. 이번 서연의 여 행을 도울 표양이라는 표사였다.

장섭은 그렇게 나서는 그를 잠시 살펴보았다.

덩치도 있고 말하는 투가 호탕한지라 어느 정도 믿음이 갔 다.

"그래, 표 표사라고 하였는가? 우리 연이를 잘 부탁하네."

"하하! 걱정하지 마십시오. 공자님을 위해서 특별히 이렇게 마차도 준비했으니 가시는 길에 큰 어려움은 없을 겁니다."

표양은 장섭의 부탁에 표행 가운데 있는 마차를 가리켰다.

이들이 약간 늦게 도착하여 서연 일행을 기다리게 한 데는 바로 이것을 구하기 위한 시간이 필요했던 것이다.

"그렇구만. 사천 지방에서도 유명한 사천표국인데 내가 괜한 걱정을 했나 보구만. 자신있어 하는 자네를 보니 믿음이 가네."

"이분들도 일정이 있으실 텐데 이만 출발해야겠어요, 백부님."

표양과 장섭의 말이 길어져 표국의 일행이 그런 그들을 바라만 보고 있자 서연이 미안한 듯 말을 끊었다.

"아, 그렇구나. 바쁜 사람들을 너무 길게 잡고 있었구나. 그래, 조심히 다녀오거라."

"네, 백부님. 연락 자주 할 테니 걱정 마세요. 아버지, 어머니께도 안부 전해 주시구요."

"오냐. 알았다. 우리 미현이가 평소와는 달리 말이 없고 조신해 보이는 것이 연이랑 헤어지는 것이 섭섭한 모양이구나."

"아빠! 뭐가 평소와는 달라욧! 아, 조신……. 여하튼 난 원래 조신했다구요……."

"그래, 우리 딸이 많이 조신하긴 하지. 흠흠!"

급격하게 변하는 딸의 모습에 장섭은 잠시 당황했다.

어젯밤에 갑자기 찾아와 조신이란 단어의 뜻을 물어올 때부터 이상하긴 했지만 말이다.

"자, 준비가 다 된 거 같은데 이제 출발하시죠."

인사가 늦어지자 우칠이 나섰다. 갑작스레 받은 호위 의뢰를 끼워 넣었기에 일정이 빡빡해진 탓이다.

"아! 우리가 너무 시간을 끈 모양이군. 서연아, 부디 조심해서 다녀오거라."

"네, 잘 다녀오겠습니다. 백부님께서도 몸 건강히 잘 지내세요. 식구들에게도 인사 좀 전해 주시구요."

"오빠, 잘 다녀와!"

장섭과의 인사가 끝나자 이번엔 미현이 말했다.

"그래, 너도 조심해서 돌아가. 괜히 올 때처럼 사고 치지 말고."

"흥! 오빠는 내가 맨날 사고만 치는 줄 알아. 걱정 마. 앞으론 조신해질 테니. 사고도 안 칠 거야."

"퍽이나 네가 그러겠다."

"이 오빠가……. 두고 봐. 내가 얼마나 달라졌는지. 다음에 보면 놀랄걸?"

"제발 그랬으면 좋겠네요. 아! 이젠 정말 가야겠다. 너도 몸 건강히 잘 지내."

미현과의 대화도 약간 길어진 탓에 우칠이 신호를 보내왔다.

그러자 서연은 얼른 인사를 끊고 마차로 향했다.

"칫! 뒤도 안 돌아보고 가네. 그나저나 정말 가네."

서연이 급히 마차로 향하는 모습을 보고 미현이 아쉬운 듯 말했다. 장섭이 그런 미현의 어깨를 조용히 감싸 안았다.

"우리 딸, 다 컸구나. 울고불고 할 줄 알았더니."

"매우 조신한 제가 이런 자리에서 울고불고할 리가 없잖아요. 두고 봐요. 담엔 완전히 조신해져서 오빠가 나한테서 눈을 뗄 수 없게 할 테니."

"그게 무슨 말이냐, 미현아? 너 설마……?"

너무나 쉽게 떠나는 서연의 모습 때문인지 미현은 뭔가 오기가 생긴 듯했다.

장섭은 그런 딸의 모습에서 뭔가를 느꼈지만 입 밖으로 내진 못했다.

그랬다간 왠지 딸을 웬 놈팡이에게 뺏겼단 사실을 깨닫게 될 것 같았기 때문이다.

이렇게 서연의 여산 행은 시작되었다.

서연의 가슴은 그런 여산 행에서 어떤 일이 생길지 몰라 두근대고 있었다.

"아, 그럼 그것만 명심하면 되나요?"

"네. 하나 공자님께선 딱히 아실 필요가 없는 일인 데……."

"아니요. 짧지만 일행이 되었는데 그런 건 알아둬야죠."

당가를 떠난 지도 반나절, 식사를 하기 위해 잠시 표행을 멈추자 식사 후 서연이 우칠을 찾아 일정이라든가 여행길에 주의해야 할 점이 물은 것이다.

"여튼 공자님께선 저희 표국을 이용하는 손님이시니 편히 무탈히 가는 게 도움을 주시는 겁니다. 이제 출발하여야 하니 얼른 마차에 오르시지요."

"네, 알겠습니다. 표두님."

주의 점에 대한 이야기가 끝나자 우칠은 다시 표행을 이어 가기 위해서 마차에 오르기를 권했다. 물론 서연은 이 말을 따라 마차에 올랐다.

'탁'

"표두님 말씀이라면 서안까지 오 일, 거기서 여산까지 하루 근 육 일간이나 이 마차 안에서 보내야 하는 건가?"

처음엔 포부 당당히 시작한 여행길이었지만 반나절을 마

차 안에서 지내다 보니 벌써 지겹기 시작했다.

처음에야 주변경치 보는 재미가 있었지만 것도 잠시 매상 똑같은 풍경만 보이자 금세 지겨워진 탓이었다.

"음⋯ 이대로 보내기는 너무 심심한데 뭘 할까?"

이대로 가다간 심심함에 죽을 거 같았기에 서연은 마차 안에서 할 일 찾아보기로 했다.

"아! 오랜만에 각인이나 할까?"

그렇게 잠시 고민하던 서연은 이내 결심했는지 두 눈을 감고 각인작업을 할 준비를 했다.

그간 틈틈이 전생의 지식들을 머리에 새겨 넣었지만 아직도 각인을 해야 할 지식이 많았다.

전생에서 배웠던 수많은 전공서와 의서들!

당시엔 대충 한번 훑어본 것이지만 각인 작업을 통하면 전부 자신의 지식으로 만들 수 있을 터였다.

새롭게 의원의 길을 가기로 했으니 이왕지사 이렇게 마차로 이동하는 동안 그 지식들을 자기 것으로 만드는 게 좋을 듯한 것이다.

"음, 근데 이런 마차 안에서 각인을 해도 괜찮을까?"

서연은 그 기억을 각인하기로 마음먹고 시도하려고 했으나 왠지 모를 걱정이 생겨 주저했다.

각인 작업이 생각보단 정교한 작업인지라 평소 조용하고

안정적인 위치에서만 해왔는데 이렇게 덜컹거리는 마차에서 해도 괜찮을지 의문스러웠던 것이다.

"에이. 설마 그동안 해온 것이 있는데 뭔 일이 있겠어. 그냥 하자. 아니면 이 지겨운 여행 내내 뭘 하고 지내겠어."

그런 걱정도 잠시였다.

서연은 마차 여행의 지루함을 떠올리자 그냥 하기로 작정한 것이다.

그렇게 서연은 눈을 감고서 각인 작업을 시작했다.

*　　　*　　　*

사천성 면양에서 광원으로 이어지는 관도는 그 길이가 길어 하루 만에 통과하기가 어려웠다.

이에 관도 곳곳에 야영지를 두어 여행자의 편의를 두곤 했다. 그런 야영지의 한곳에서 일단의 무리가 자리를 잡고 있었다.

이들은 사천 제일 표국인 사천표국의 일행들로 특별한 상황 때문에 지난 이틀간 이곳에 발이 묶여야 했다.

표행의 책임자인 우칠은 일행의 취침자리를 챙기고는 자신의 자리로 들어서다 절로 인상을 찌푸렸다.

"휴. 어쩌다 이리된 것인지. 공자께서 합류할 때만 해도 이런 상황은 생각도 못했는데 말이지."

그렇게 한숨을 내쉬던 우칠은 마차 안에 누워 있을 소년을 생각하며 말을 이었다.

"형님! 이대로 있어봐야 뭐하겠습니까? 그냥 표행을 이어 마을에 들리는 편이……."

그런 우칠의 한숨 섞인 목소리에 표양이 말했다.

표두와 표사 관계 이전에 지난 십 년간 같은 표국에서 일해 왔기에 사석에서는 이렇게 형님 동생이라 부르는 사이었다.

"아닐세. 갑자기 피를 토하신 걸로 보아 내장이 상했을 수도 있음이야. 마차로 이동하다 그 충격에 상태가 더 나빠질 수도 있네."

"하기야 마차로 이동하다 보면 덜컹거릴 수밖에 없으니… 그러나 이대로라면 표행은 실패입니다. 형님이 어떻게 이룬 것인데……."

우칠은 쟁자수의 신분에서 표두까지 된 사천표국 내에선 입지적인 인물이었다.

그런 그이니만큼 지난 이십 년간 단 한 번의 표행 실패도 없었는데 내심 그는 그것을 자랑스레 여겨왔었다.

그런 그가 표행에서 처음으로 실패할 위기에 처하니 표양 은 답답해진 것이다.

"그깟 기록이 사람 목숨보다 귀하겠느냐? 더군다나 공자께

선 당가에서 부탁한 손님이시네. 혹시라도 잘못된다면 표국
이 크게 위험할 일일세."

"에효. 어릴 적부터 병약하셨다고 들었지만 이럴 줄은…
인기척이 하도 없어 문을 열지 않았다면 정말 큰일 날 뻔했습
니다."

쓰러진 서연을 젤 처음 발견한 것은 표양이었다.

마차에 들어서서 너무 오랫동안 나오지 않는 그가 이상해
안을 살핀 것이었다.

"그래 자네가 아니었으면 큰일 날 뻔했지. 다행히 혹시나
싶은 맘에 일정을 넉넉히 잡았지만 이젠 그것도 바닥이네. 오
늘 안에는 일어나셔야 할 텐데……."

"그러게 말입니다. 오늘 일어나셔도 낼부터 강행군을 해야
할 터인데 답답하기만 합니다."

잠시 서연의 이야기를 나누다 다시 표행 일정이 생각이 나
자 둘은 깨어나지 않는 서연을 안타까워하며 마차를 쳐다볼
수밖에 없었다.

＊　　　＊　　　＊

끼이익!

그런 그들의 걱정을 안 것일까?

그 순간 마차의 문이 열리며 한 소년이 내리며 말을 하였다.

"죄송합니다. 안에서 들으니 저 때문에 일정에 차질이 생겼나 보네요."

물론 그 소년은 서연이었다.

"아니. 공자님 괜찮으십니까?"

그런 서연의 모습에 우칠이 급히 안부를 물었다.

"네. 이제 괜찮습니다. 그나저나 일정에 차질이 생겼다고 들었는데 이대로 괜찮겠습니까?"

"물론입니다. 이렇게 깨어나셨으니… 일단 내일 하루 정도 더 쉰 후에 몸을 추스르시고 천천히 여정을 옮기면 될 듯합니다."

우칠은 표행의 성공보단 서연의 건강을 먼저라는 생각에 낼 하루 정도는 더 쉬기로 마음먹었다.

"아니, 형님 그게 무슨 말씀이십니까? 그럼 표행은 실패입니다. 실패!"

그런 우칠의 말에 표양이 놀라 말했다.

그의 계산으론 낼부터 강행군을 한다고 해도 일정에 맞출지 의문스러웠기 때문이었다.

"이 사람 갓 깨어난 공자님 앞에서 무슨 큰소리인가? 일정엔 차질이 없으니 걱정 마십시오."

"표행에 차질이 없다니요? 공자님 이대로라면 이십 년간 이어온 형님의 기록이 깨질 판입니다요."

우칠이 계속 서연을 위해서 표행을 포기하려 하자 표양이 급히 이십 년간 이어온 우칠의 기록을 이야기하며 서연에게 내일이라도 출발할 것을 권했다.

"안 그래도 안에서 다 들었습니다. 전 괜찮으니 그냥 내일 아침에 출발하시지요."

"안 됩니다. 표행보다는 공자님 안위가 우선입니다."

서연은 괜찮다는 소리에 우칠이 말렸다.

"괜찮습니다. 아시는지 모르겠지만 제가 의술에도 조금 재주가 있습니다. 제 몸 상태를 잘 아니 안심하십시오."

"정말 괜찮으시겠습니까? 그렇게 안색이 창백하신데……."

우칠은 그런 서연의 말에 표행에 대한 욕심이 났으나 문득 보이는 서연의 안색이 맘에 걸렸다.

"안색이야 방금 깨어났으니 아무것도 못 먹어서 그렇지요. 표 표사님 부탁드릴 게 있는데……."

"네, 공자님 무슨 부탁이십니까?"

표양은 갑작스레 서연이 그를 부르며 부탁하자 그게 뭘까 궁금했다.

"다름 아니라 방금 일어났더니 배가 고프네. 얼른 뭐라도 먹어야지 안색이 나아져 우 표두님 걱정도 사라지겠지요. 그럼 낼 출발할 수 있을 것 같은데."

"하하. 그런 거라면 얼른 대령해야 합지요. 형님! 공자님 말씀도 있으시니 낼 바로 출발하는 겁니다. 아셨지요?"

서연의 말에 표양이 기분 좋은 웃음과 함께 음식을 찾아 나섰다. 물론 내일 표행을 가는 걸로 매듭지면서 말이다.

"정말 괜찮으시겠습니까?"

표양이 그렇게 자리를 비우자 우칠이 다시 한 번 물었다.

"네, 정말입니다. 뭐라도 먹으면 안색도 나아질 터이니 걱정 마세요."

"알겠습니다. 낼 출발하려면 준비할 게 많으니 잠시 자리를 비워야겠습니다."

표행을 잇고 싶은 맘은 우칠도 불감청고소원인지라 내일 있을 표행 준비를 하러 일어섰다.

"아, 우 표두님."

"네, 공자님?"

서연이 그런 우칠을 부르자 무슨 일인가 싶어 물었다.

"다름이 아니라 고맙습니다란 말을 못해서요."

서연은 그를 위해 일정까지 포기하려 한 그가 고마웠다.

"아닙니다. 당연한 일이지요. 그리고 공자님을 발견한 것은 표양이 놈이니 고마움은 그놈에게 하십시오. 전 준비할 게 많아서 이만… 공자님께서도 마차 안으로 드시지요."

우칠은 서연의 감사에 무안했는지 서둘러 자리를 비웠다.

그런 그의 뒷모습을 보며 서연은 다시 한 번 감사의 인사를 건넸다.

第十一章

흐릅.

쪽!

서연은 맛이 나는지 죽을 통째로 마셔 버렸다.

"하아! 맛있네. 그나저나 표 표사 아저씨 감각이 좋으시네. 호박죽을 끓여 오시다니."

호박은 비장과 위장을 보호하고 당이 많아 입맛을 돋우는 효과가 있었다.

특히 각종 영양소가 풍부해서 체력회복에도 큰 도움이 되었기에 피를 흘리며 쓰러진 서연에겐 딱 어울리는 음식이었다.

"그나저나 큰 민폐를 끼쳤네. 움직이면서 하는 각인에 그런 위험이 있을 줄이야……."

서연이 쓰러진 이유는 예상대로 각인 때문이었다.

과거 여러 가지 방법으로 각인작업을 해왔던 서연이었으나 이렇게 움직이는 상태에서 해본 것은 처음이었다.

각인이라는 게 고도의 집중력을 필요로 하는 작업인데 덜컹거리는 마차에서 하자 그만 집중력을 잃어버리고 만 탓이었다.

더군다나 지루한 여행길에 지친 정신적인 피로감까지 더해지자 집중력은 더더욱 떨어질 수밖에 없었다.

"덕분에 원치 않던 기억까지 각인하게 되었지. 후! 아버지 대체 왜 그러셨나요?"

서연이 쓰러진 것은 집중력 때문이지만 그 근원을 따지자면 흐트러진 집중력 때문에 원치 않은 많은 기억을 각인한 탓이었다.

그리고 그러한 기억 중엔 자신이 여태껏 몰랐던 내용이 있었다.

그것은 바로 자신이 그토록 원망하던 전생의 아버지에 대한 기억이었다.

*　　　*　　　*

"아빠!"

"하하! 우리 강이 왔구나."

자그마한 서재. 의자에 앉아 뭔가에 열중이던 장년인은 소년이 자신에게 달려들자 힘껏 안고 말했다.

"히히. 아빠, 근데 이게 뭐예요?"

소년은 장년인이 안아 들자 키보다 높이 있던 책상 위에 놓인 사진을 가리키며 물었다.

"우리 강이가 이게 궁금한 모양이구나. 이건 이 아버지가 반드시 찾아야 하는 물건이란다."

"반드시 찾아야 하는 물건이요? 왜요?"

"이걸 찾으면 잘못 알려진 우리나라의 역사를 바로잡을 수 있거든."

"응."

"왜 그러니?"

장년인은 아들이 갑자기 말없이 책상 위의 사진을 보며 뚱한 표정을 짓자 물었다.

"아빠 거짓말쟁이!"

"응? 아빠가 왜 거짓말쟁이니?"

"봐요. 얘는 팔도 손도 없는데 어떻게 역사란 애를 잡아요?"

"하하! 그래서 아빠가 거짓말쟁이니? 그런데 강아, 아빠 말은 거짓말이 아니란다. 얘는 분명 우리 역사를 바로잡아 줄 수 있는 힘이 있단다."

"정말요?"

"비록 이것엔 팔도 없고 손도 없지만 분명 역사를 바로잡아 줄 힘이 있단다. 과거 일제에 의해서 왜곡된 역사를 바로 잡아줄 힘! 우리 민족에게 큰 자긍심을 줄 힘! 그러한 힘이 반드시 잘못된 역사를 바로잡아 줄 거란다."

"아빠, 어려워요. 그래도 아빠가 찾으시니 강이도 도와줄게요. 헤헤."

소년은 아빠의 말을 알아듣지는 못해도 왠지 멋져 보였다.

소년의 말에 장년인은 소년의 머리를 쓰다듬으며 말했다.

"그래, 우리 강이가 도와주면 쉽게 찾겠구나. 앞으로도 아빠 곁에서 계속 도와다오. 알았지?"

"네! 근데 얘 이름은 뭐예요? 이름을 알아야 찾죠."

"녀석의 이름은……."

*   *   *

단잠에 빠져 있던 소년이 갑작스레 들려오는 소리에 깨어났다.

"엄마, 아빠."

아직 어린 나이의 소년은 자연스레 엄마, 아빠를 찾다 문득 들려오는 소리에 귀를 기울였다.

그 목소리가 바로 자신이 찾던 엄마와 아빠의 목소리였기 때문이다.

소년은 그렇게 엄마와 아빠에게 다가서려 했지만 이내 발걸음을 멈췄다. 왠지 둘의 목소리가 다투는 듯이 들렸기 때문이다.

"여보, 정말 이렇게까지 하셔야 하나요?"

"아무리 생각해 봐도 이게 최선이구려."

"흑! 당신 없이 우리 강이를 어찌 키우라고요. 정말 떠나셔야 하나요?"

여인은 남편을 이렇게 떠나보내야 한다는 것이 서러워 자꾸 눈물이 났다.

"미안하오. 다 내 잘못이오. 그 저주받은 일족이 아직도 이 땅에 존재하는 걸 몰랐구려. 그것도 이토록 그 힘을 지닌 채로 말이오."

"그러면 우리 강이는 어쩌고요. 내일이면 당신을 찾을 텐데. 어쩌면 크면서 계속 당신을 미워할지도 몰라요."

"오히려 그게 좋구려. 강이가 날 원망하면 할수록 그들의 위험에서 벗어날 수 있을 터이니. 당신, 맘 독하게 먹어야 하오. 강이에게는 절대 알리면 안 되오."

"네, 그럴게요. 그게 우리 강이를 위한 길이라면."

소년은 그렇게 부모님이 하는 이야기를 들었지만 알아듣지는 못했다. 그러기엔 소년의 나이는 너무 어렸고, 막연하게 내일이면 아빠를 볼 수 없다는 말에 그저 눈물을 흘릴 뿐이었다.

그리고 이 기억은 소년이 훗날 장성해서도 기억하지 못하는 어린 시절의 작은 단편에 지나지 않았다.

* * *

"아버지, 당신은 저희를 버린 게 아니었습니까? 대체 무슨 일이 있었던 겁니까? 그 저주 받을 일족이란 건 뭐고요."

서연, 아니, 이강은 전생의 아버지를 떠올리며 말했다.

자신이 각인한 기억이 맞는다면 전생의 이강은 큰 오해를 해서 아버지에게 원망만 하는 삶을 산 것이다.

어느 날 갑자기 자신과 어머니를 버리고 떠나신 아버지.

자신은 그것을 유물을 찾고자 하는 아버지의 욕심 때문이라고 여겼다.

그러나 그게 아니었다.

기억이 맞는다면 아버지는 위협을 받은 것이었다. 그리고 그 위협에서부터 자신과 어머니를 지키기 위해서 떠난 것이다.

그러나 이제 와서 그 이유를 찾을 방도가 없었다.

전생에서 자신은 이미 죽었고, 이생에서 새로운 삶을 사는 중이다. 아버지가 떠난 이유도, 그가 말하던 저주 받은 일족이란 것도 알 방도가 없는 것이다.

"후! 대체 왜 이제야 이런 기억이 떠오른 것일까? 우연일까? 천선지사, 대체 넌 왜 내 눈앞에 나타난 거냐?"

지금은 자신의 배낭에 고이 잠들어 있는 천선지사라 불리는 목간. 그것은 아버지가 그토록 찾아 헤매던 목간이었다.

"잠깐, 목간. 그래, 어린 시절 아버지가 보여주신 사진 속의 목간은 세 개였어."

서연은 이번에 쓰러지면서 각인된 기억 중 사진에서 놀라운 점을 발견했다.

사진 속에 있던 목간은 한 개가 아니었단 것을 기억해 낸 것이다.

"기초 운공법과 목간의 내용. 만약 그 내용이 이어지는 것이라면……."

서연의 예상대로 목간이 내용이 이어진다면 자신이 얻은 목간은 첫 번째 목간이 분명했다.

그리고 두 번째, 세 번째 목간을 찾는다면 자신이 익히고 있는 운공법의 상위 무공을 알 수 있을 것이고, 어쩌면 전생에서 아버지가 자신을 버리고 떠난 이유를 알 수 있을지도 몰랐다.

천선기의 양에 목말라 있던 서연으로선 반드시 찾아야 할 물건이 된 것이다.

"그래, 천선지사가 내 손에 들어온 것은 어쩌면 전생의 아버지, 어머니의 뜻일지도 몰라. 반드시 찾아보자."

서연은 당가를 떠나서 여산으로 향하는 길에 이번 생에서 해야 할 중요한 뭔가를 발견한 것인지도 몰랐다.

그게 우연인지 필연인지는 모르겠지만.

그렇게 목간을 찾아야겠다고 다짐하고 있는데 누군가의 목소리가 들려왔다.

"공자님, 깨어 계십니까?"

"아! 우 표두님, 벌써 출발 시간인가요?"

그를 부른 건 우칠이었다.

"네. 안에서 뭘 하셨기에 시간 가는 줄을 모르십니까? 이미 아침을 차려 두었으니 식사부터 하시지요."

그런 우칠의 말에 서연이 마차 문을 열고 밖의 풍경을 살폈다.

고민하는 동안 이미 해가 떠서 산마루 위에 자리 잡고 있었다.

"헐, 벌써 해가 중천에 가깝네요. 얼른 출발해야지요. 서둘러야겠습니다."

"하하, 공자님, 그리 급하게 서두르지 않으셔도 됩니다. 그리고 식사는 그쪽이 아니라 저쪽입니다."

전날의 일정 이야기가 생각난 탓에 서연은 급히 서둘러 나갔는데 그 바람에 자세히 살피지도 않고 애먼 곳으로 향했다.

그러자 우칠이 웃으며 제대로 된 위치를 알려주었다.

"헤! 제가 좀 급했나 보네요."

"하하! 얼른 가시지요."

서연이 무안해하며 머리를 긁적이자 우칠은 그제야 저 도령이 나이답게 행동하는구나 싶은 맘에 큰 소리로 웃었다.

*　　*　　*

섬서성 서안부에 위치한 여산은 다른 말로는 회창산(會昌山)이라고도 불리는데 예부터 온천으로 유명했다.

그런 여산 근처에서 온천으로 유명한 지방으로 산록을 들수가 있다.

이곳 산록에 서연이 도착한 것을 당가를 떠난 지 정확히 일주일이 되는 날이었다.

그런 서연의 일행은 출발할 때와는 달리 서연과 표양 둘뿐이었다.

서연이 깨어난 다음 날부터 일행은 강행군을 했다.

덕분에 겨우 물건을 건넬 기일에 맞춰 서안에 도착할 수가있었다.

그러나 기일에 맞췄다고 해도 일정이 꼬인 것도 사실이다. 그 바람에 표두 우칠과 일행은 서안에서 발이 묶일 수밖에 없었다.

이곳 산록까지의 안내는 이곳이 고향인 표양이 맡게 되었다.

둘은 서안에서 꿀맛 같은 하루의 휴식을 취한 후 이곳으로 왔다.

"여기가 산록인가요?"

"네, 여기가 산록입니다. 제 고향입죠."

서연은 마침내 목적지 근처인 이곳까지 오게 되자 표양에게 물었다.

"고향에 오시니 좋으신가 봅니다. 그나저나 그 유명한 화청지는 어디에 있나요?"

"네, 좋지요. 근데 역시 공자님도 산록 하면 젤 처음으로 떠오르는 것이 화청지인가 봅니다."

"아무래도 그렇지요. 당 현종과 양귀비의 이야기를 모르는 이가 어디에 있겠습니까?"

여산 근처에 다른 온천지도 많지만 산록 하면 가장 먼저 떠오르는 것은 바로 화청지였다.

화청지는 그 유명한 양귀비가 당 현종과 함께 사랑을 나누었다고 전해지는 곳인데 천하절색으로 소문난 양귀비의 이야기만큼이나 널리 알려진 곳이다.

"저도 어릴 적부터 양귀비의 이야기는 귀가 닳도록 들어왔으니까요. 저기 산중턱에 건물 보이십니까?"

서연의 물음에 표양이 손가락으로 한곳을 가리켰다.

　표양의 손가락을 따라 서연이 시선을 옮기자 산중턱에 하나의 궁이 보인다.

　"아, 저기요. 산에 웬 궁이 지어져 있네요."

　"저기가 바로 화청지입니다. 그리고 화청궁이라고 불리는 곳이지요."

　"아, 저곳이 그럼 명 황실에서 행궁별장으로 삼았다는……."

　"네. 행궁별장으로 황족들의 휴양지로 삼았지요. 화청지가 온천지로 유명하긴 한가 봅니다."

　"이곳 온천엔 좋은 성분이 많아서 신경통이나 피부병에 좋다고 들었습니다."

　서연이 이곳 온천의 효능을 아는 것은 전생의 기억 때문이다.

　기실 그가 이곳에 온 것은 처음이 아니다.

　전생에 대학 입학 선물로 이곳 서안으로 어머니와 함께 여행 온 적이 있기 때문이다.

　당시에 어머니의 강력한 권유로 이곳 온천에도 들른 적이 있었다.

　특히나 양귀비가 직접 즐겼다는 해상탕은 신경통에 효험이 있어 노인들이 바글바글했다. 그리고 그 기억은 아직도 선명하게 남아 있다.

"신경통에 좋다구요? 그럼 공자님 모셔다 드리고 나서 부모님과 함께 한번 와봐야겠습니다."

표양이 이곳에 와서 들떠 있는 이유는 서연을 데려다주는 일이 끝나가서이기도 하지만 오랜만에 만날 부모님에 대한 생각도 컸다.

"네, 그것도 좋죠. 그나저나 배 안 고프세요? 전 슬슬 고파 오는데."

"아, 벌써 점심때군요. 따라오십시오. 이곳 산록에서 제일 유명한 곳으로 모시겠습니다."

서연의 시장하다는 말에 표양이 어릴 적부터 익숙한 길을 따라 한곳으로 안내했다.

*   *   *

웅성웅성!

표양이 서연을 데리고 간 화청객잔 앞에는 웬일인지 사람들이 모여 웅성대고 있었다.

이런 모습에 평소 오지랖이 넓은 표양이 궁금증을 이기지 못하고 나섰다.

그가 사람들을 뚫고 안으로 들어서자 한 청년과 소년이 언쟁을 하고 있었다.

"얼른 유모에게 사과해라."

"흥! 어린놈이 계속해서 반말이로구나. 왜, 내가 틀린 말이라도 했더냐?"

연신 사과하라고 꾸짖는 소년은 서연과 비슷한 또래로 앳되어 보이는 얼굴과 다르게 그 체격은 제법 다부져 보였다.

이에 반해 백의청년은 이십대 중반 정도로 준수해 보이는 외모와 값비싼 옷차림으로 보아 제법 가세가 있는 집안 자제 같았다.

"가만히 식사하던 유모에게 다가와 허락도 없이 면사모를 걷은 건 네놈이다. 그래 놓고선 오히려 유모에게 모욕을 주다니 얼른 사과해라."

"흥! 얼마나 예쁜 얼굴이기에 그렇게 면사모까지 썼나 했더니 저런 오랑캐 병신 년이라니. 누가 봐도 창병에 걸린 창녀가 틀림없는데 그런 년에게 할 사과가 어디에 있더냐?"

두 사람의 언쟁은 소년 뒤에 있는 여인 때문인 듯했는데, 갈색 피부에 머리도 노란 것이 서역인처럼 보였다.

그런 그녀의 얼굴은 백의청년의 말처럼 반점으로 뒤덮여 있었는데 심각한 피부병을 앓고 있는 것 같았다.

"마지막으로 묻겠다. 정녕 사과할 생각이 없느냐?"

사과하라는 요구에도 불구하고 백의청년이 비아냥거리기

만 하자 자의소년이 마지막이라며 경고했다.

"흥! 네놈이 그러면 누가 무서워할 것 같더냐? 이리 나서는 걸 보니 저 창녀에게 동정이라도 바친 것이냐?"

자의소년의 경고는 백의청년에게 전혀 위협이 되지 않는지 그의 비아냥거림은 더 거칠어져만 갔다.

"뭐 저런 사람이 다 있어? 이봐요, 말이……."

그런 청년의 말에 발끈한 건 자의소년이 아니라 서연이었다.

환자로 보이는 여인을 모독하는 그의 모습이 영 맘에 들지 않은 탓이다.

그러나 그런 서연을 막는 누군가가 있었다.

"아니, 표 표사 아저씨, 왜 말리시는 거예요?"

"공자님께서 왜 나서는지는 알겠습니다. 그러나 안 됩니다."

"안 된다니요. 아저씨도 보셨잖아요. 저 사람이 어떤 행동을 하는지."

"에효, 공자님, 이곳까지 오실 동안 누차 설명 드렸지 않습니까? 강호의 분쟁엔 끼어드는 게 아니라고. 더군다나 힘도 없으신 공자님께서 나서서 어쩌시려고요."

서연은 자꾸 자신을 말리는 표양이 야속했으나 표양 역시 아무런 대책도 없이 나서려는 서연의 모습이 답답했다.

"강호의 분쟁이라면 저 사람도 무공을 배운 무인이란 말입니까?"

서연은 표양의 말에 놀라 백의청년을 가리켰다.

그의 호리호리한 체격은 도저히 무공을 익힌 사람처럼 보이지 않았기 때문이다.

"그는 제가 아는 사람입니다. 이름은 조일상으로 이곳 산록을 대표하는 문파인 조양문의 장자입니다."

"조양문이라고요? 어떤 문파예요?"

서연은 처음 들어보는 문파에 호기심이 생겨 물었다.

"조양문은 섬서일쾌 조양학이 세운 문파인데 구파일방 중 하나인 종남파의 속가제자입니다."

조양학은 절정경에 이른 쾌검의 고수로 이곳 섬서 땅에서는 제법 유명한 인사였다.

"아, 그렇다면 종남파의 속가 방파가 되는 건가요?"

"네. 종남의 삼대 속가 방파 중 하나로 알려져 있지요. 어릴 적에 속가제자로 종남에 들어간 걸로 아는데 언제 내려와서 이런 행패인지……."

"종남의 제자라……. 그런 사람이 어찌 저리도 약자를 핍박하는 겁니까?"

"어릴 적부터 아버지의 위세를 입고 안하무인격으로 행동하던 인물입니다. 더군다나 지금은 종남의 제자. 공자님, 괜히 나섰다가 큰일을 당할 수가 있습니다."

"그러니 더 안 되지요. 명색이 정파라 불리는 종남의 제자가 아닙니까? 더군다나 저는 거인이라는 신분에 있는 사람입니다. 이런 일을 두고만 볼 수는 없습니다."

표양으로선 종남의 제자라는 소리에 서연이 화를 참기를 바랐으나 그것은 오히려 서연의 화를 불러왔다.

구파일방으로 유명한 종남파의 제자가 이런 모습이라니 무림에 대한 기대가 컸던 만큼 실망이 큰 탓이다.

그리고 앞서 말한 대로 서연은 거인이라는 신분을 지니고 있었다.

거인이란 단순히 전시를 치를 수 있는 자격만 있는 것은 아니었다. 거인도 따지고 보면 관리였다.

다만 전시를 치기 위해 공부를 해야 했기에 의무가 없을 뿐 일반인과는 다른 준 관리나 마찬가지였고, 백성들에게 불이익이 돌아가는 상황을 본다면 나름대로 나서야 할 의무도 있었다.

그래서인지 화가 난 서연은 절로 큰 소리를 낼 수밖에 없었다.

그의 목소리는 이내 주변의 이목을 끌었다.

"아니, 공자님, 목소리가 너무 크십니다."

표양은 당황해하며 서연에게 말했다.

"아!"

'에고. 너무 흥분했나? 아니지. 이 기회에 저들을 구할 방도를 생각해 보자.'

표양이 당황해하며 말하자 서연도 그제야 주변의 이목이 자신에게 쏠려 있는 것을 알 수 있었다.

하지만 표양처럼 당황해하며 허둥대기보단 이 기회를 노려 소년과 여인을 구할 방도를 찾고자 했다.

표양의 말로 상황을 파악해 본 바 무인으로 보이는 백의청년 때문에 소년과 여인이 큰 위험을 당하리라 여겨졌기 때문이다.

그렇게 생각한 서연이 나서려는 찰나였다.

"와아아아!"

우당탕! 쿵!

사람들의 환성과 함께 서연의 앞으로 웬 허연 물체가 튕겨져 나갔다.

놀란 서연이 그 물체를 살피자 그것은 놀랍게도 조일상의 신형이었다.

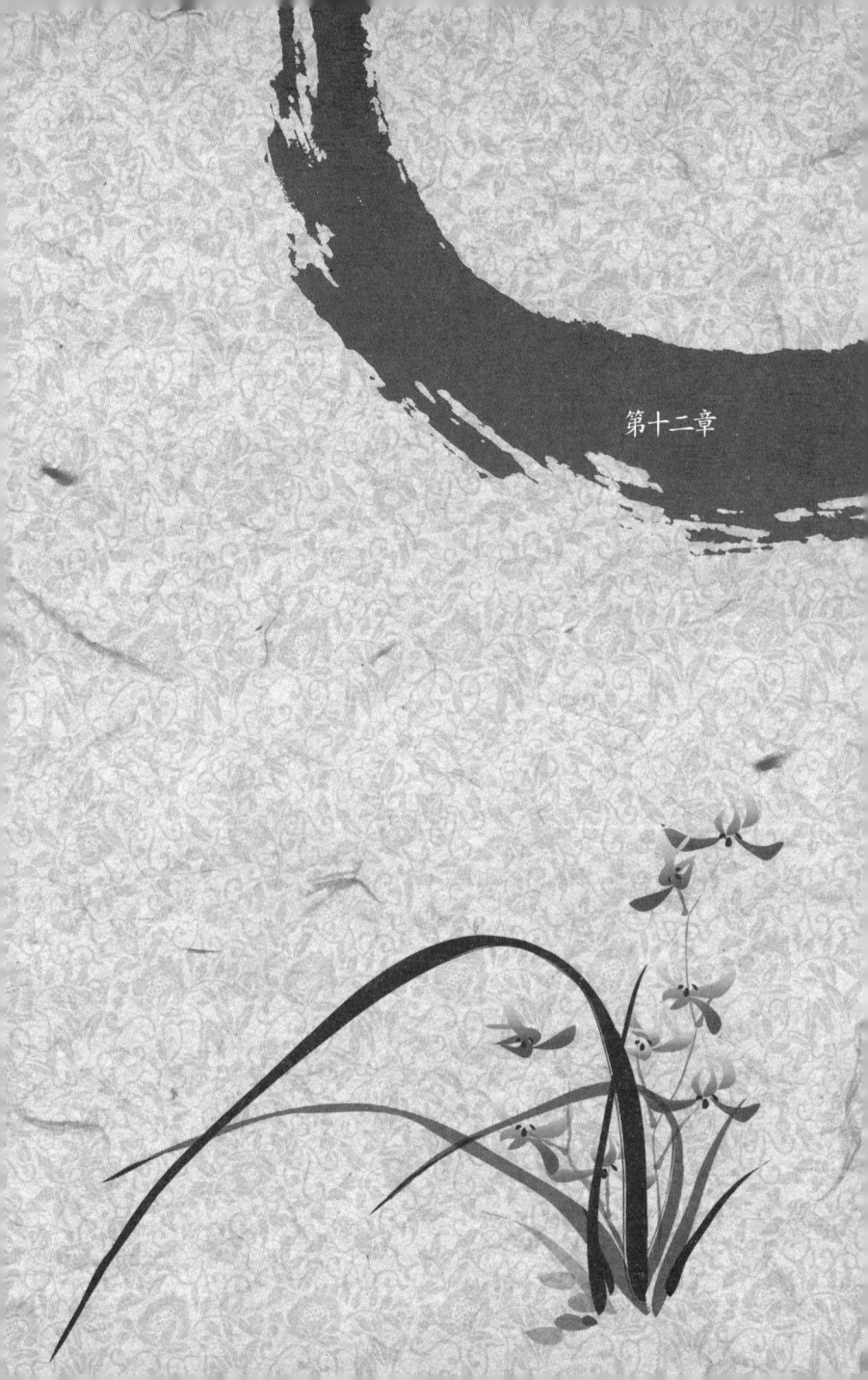

第十二章

조일상이 그렇게 튕겨져 나가자 놀란 서연은 절로 좀 전까지 그가 서 있던 자리를 살폈다.

　　그러자 그곳에서 좀 전까지 그와 언쟁을 벌이던 자의소년이 주먹을 내밀고 있는 모습을 볼 수 있었다.

　　소년의 주먹에는 짙은 자색의 기운이 순간적으로 나타났다가 사라졌다.

　　그것으로 보아 소년이 기의 발출이 자유로운 꽤 수준 높은 무인임을 알 수가 있었다.

　　"윽! 쿨럭!"

반면에 그렇게 날려가 버린 조일상은 크게 내상을 입은 듯 가슴을 움켜쥐며 쓰러져 있었다.

그를 증명하듯 그의 입가로 몇 줄기 핏물이 흘러내렸다.

그런 조일상의 상태가 심각해 보일 탓일까?

별로 맘에 들지 않은 그였지만 서연은 그를 살피기 위해 나섰다.

그러나 서연의 행동은 그보다 앞서 조일상을 살피는 인물들 때문에 멈출 수밖에 없었다.

"이게 무슨 소란이지? 아니, 조 사제. 사제, 괜찮은가? 사형, 여기 좀 보십시오. 조 사제가……."

그들은 막 객잔에 들어선 세 명의 청의인이었다.

그들의 가슴에는 선명하게 종(綜)이라는 글자가 새겨져 있었다.

조일상을 사제라 부르는 것으로 보아 종남파의 무인들 같았다.

실제로 그들은 청운, 청암, 청양이라 불리는 종남파의 이대 제자들이었다.

종남의 장로인 백원 진인을 모시고 조일상과 이곳까지 동행한 그의 일행이었다.

그들 중 맏이인 청운은 호들갑 떠는 두 사제와는 달리 차분하게 조일상의 상태부터 살폈다.

그리고 그의 상태가 심각해 보이자 두 사제에게 지시를 내렸다.

"청암은 얼른 사제를 뒤로 물리고 살펴라. 그리고 청양 너는 얼른 장로님을 모셔오거라."

"네, 사형. 이보게, 조 사제. 괜찮은 건가?"

청운의 지시에 청암은 신속히 조일상을 옮겼다. 그러나 청양은 움직이지 않고 있었다.

"청양, 뭐하는 게냐? 얼른 장로님을 모시고 오라니까."

"장로님을 모시고 오기 전에 사제를 저리 만든 저놈부터 어찌해야 하지 않겠습니까?"

조일상이 어찌해서 이렇게 쓰러진 건지는 알 수 없으나 객잔 내의 분위기로 보아 그를 쓰러뜨린 건 저 자의소년이 분명했다.

조일상과 특히 친하게 지내던 청양이었기에 소년에게 복수를 하고픈 맘이 컸다.

이대로 장로인 백원 진인을 부른다면 복수를 하기 힘들 것이 분명했다.

이는 청운이 데려오라는 백원 진인의 성정 때문이다.

종남의당(綜南醫堂)을 맡은 책임자답게 그는 성정이 순후하고 다툼을 싫어했다.

더군다나 아직은 어려 보이는 소년의 모습을 보아하니 복수하기란 더욱 요원해질 것이다.

"쓸데없는 소리 그만하고 얼른 장로님부터 모셔오거라. 그분의 의술이 필요하네."

"아니, 장로님을 모셔야 할 만큼 조 사제의 상태가 안 좋습니까? 그저 가벼운 내상 정도로 보이는데."

"무슨 잔말이 그리 많아. 시간이 없다니까."

"네, 알겠습니다, 사형."

청양의 그런 바람과는 달리 청운의 지시는 단호하기 그지없었다.

그런 단호함 때문에 청양은 갸웃거리면서도 그의 지시에 따를 수밖에 없었다.

청운이 이렇게 윽박지르며 백원을 부른 데는 조일상의 상태가 매우 심각했기 때문이다.

청양이 보는 것처럼 조일상의 상태는 겉으로는 가벼운 내상 정도로 보였다.

그러나 두 사제에 비해 강호의 경험이 풍부한 청운은 겉모습과 달리 조일상의 상태가 매우 심각함을 알 수 있었다.

조일상의 상처를 살펴보니 저 자의소년의 일격에 겉보다는 안을 파괴하는 내가중수법이 가미되었음을 파악했기 때문이다.

'조 사제를 일격에 저렇게 만든 것으로 보아 고수다.'

청양이 백원을 부르기 위해 나서자 그제야 청운은 자의소
년에게 다가섰다.

그러곤 허리춤에 찬 검을 뽑아 들며 소년을 향해 겨눴다.

어린 외모와 달리 소년이 고수임을 안 탓인지 그의 이마에
선 작은 땀방울이 흘러내렸다.

*　　　*　　　*

"난 종남의 청운이다. 정체가 무엇이더냐?"

청운이 자신의 정체를 밝히며 소년에게 물었다.

"저 도사가 청운?"

"청운이라면 사일검룡이 아닌가?"

그의 정체를 밝히자 객잔이 소란스러워졌다. 이는 그의 이
름이 가볍지 않은 탓이다.

종남의 수많은 진산절예 중에서 특히나 익히기 어렵다는
사일검법의 정수를 익혔다고 알려진 강호의 신성이었기 때문
이다.

"흥! 덤비려면 빨리 덤비기나 할 것이지 웬 질문이냐? 싸울
맘이 없거든 그놈이나 데리고 꺼져라."

소년의 대답은 무례하기 그지없었다.

기실 청운이 이렇게 질문을 한 것은 일종의 강호의 관례로,

서로의 사문을 생각해서 불필요한 싸움이라면 하지 말자는 의사 표시이다.

소년은 그런 관례를 모르는 것인지, 아니면 싸움을 하고픈 것인지 그런 청운의 제안을 거절했다.

"정녕 피를 보고자 함인가?"

"흥! 종남의 제자 따위, 누가 무서워한다고."

청운은 그런 소년에게 다시 한 번 물었으나 소년의 태도는 변하지 않았고, 오히려 그의 사문까지 들먹였다.

그런 소년의 말 때문일까?

객잔의 사람들이 모두 청운이 이제는 움직이리라 여길 즈음이었다.

그보다 앞서 움직이는 신형이 있었다.

"감히 종남에게 따위라 했느냐? 얼마나 대단한 사문을 가졌는지 내가 직접 확인해 보마!"

그런 소리와 함께 소년에게 달려든 이는 바로 조일상을 챙기던 청암이었다.

평소 종남에 대한 강한 자부심을 지니고 있었고 특히나 앞의 사형을 존경하는 맘이 큰 그였다. 그런 그였기에 소년의 말에 발끈하고 만 것이다.

그렇게 달려든 청암은 순식간에 거리를 좁혔다. 그리고 재빠르게 허리춤의 검을 뽑아 들고 휘둘렀는데 그 모습이 전광

석화 같았다.

"아, 저것이 종남의 본산 제자가 펼치는 천하검(天下劍)인가?"

청암이 강호상에 널리 알려진 천하검의 검식을 펼치자 표양이 감탄했다.

천하검은 종남의 대표적인 기초 검술로 시중에도 널리 알려진 검술로 책에서 보던 검식과 달리 본산 제자인 청암이 펼치는 검식은 더욱더 위력이 있어 보였다.

"아! 이것이 무공?"

그를 증명하듯 그런 청암을 보는 서연의 입에서도 절로 감탄이 나왔다.

"이것이 네가 우습게 여긴 종남의 검이다!"

주변에서 그런 감탄 섞인 반응에 힘입은 것일까?

청암의 검은 어느새 소년의 목 언저리에 닿았고, 그런 상황 때문인지 그의 외침은 득의양양했다.

"앗! 위험……!"

청암의 검술에 잠시 정신이 팔려 있던 서연이 그제야 소년의 위험을 알고 경고하려고 할 때 변화가 일어났다.

"흥!"

청암의 검을 보며 콧방귀를 한 번 뀐 소년이 몸을 뒤로 넘어질 듯 젖히며 목을 뺀 것이다.

"아니?"

자신 있게 내지른 검이 허공을 가로지른 탓에 조금 놀란 청암이었지만 이내 추스르고 다시 검을 내질렀다.

"천하삼십육검(天下三十六劍) 천하도도(天下刀途)!"

기초 검식인 천하검을 소년이 가볍게 피하자 그 상위 검법인 천하삼십육검을 펼친 것이다.

상위 검식답게 화려한 검법이 펼쳐지자 어느새 소년의 주변으로 검광이 가득했다.

사방에서 몰아치는 검광으로 보아 소년이 쉬이 피하기 어려워 보였다.

그러나 그런 상황에서도 소년의 표정은 침착하기 그지없었다.

이내 사람들의 감탄을 자아내었다.

그도 그럴 것이, 처음 몸을 뒤로 뺀 탓에 서 있기도 힘든 상태에서 발을 땅에 붙이고선 상태로 상체의 움직임만으로 청암의 그 모든 검을 피해내기 시작했기 때문이다.

"와! 절묘한 풍류보(風柳步)로구나!"

"아!"

객잔의 누군가가 그런 소년을 움직임을 풍류보라 칭하며 감탄하자 서연 역시 감탄사가 절로 나왔다.

풍류보는 오뚝이처럼 하체에 중심을 두고 상체의 움직임

만으로 공격을 피하는 보법 아닌 보법이다.

그리고 서연도 전생의 무협영화에서 자주 보던 것이지만 짜고 치는 고스톱인 영화가 아닌 실전에서 이런 모습을 보게 되자 절로 감탄이 나왔다.

'이것이 무협의 세계인가? 굉장하잖아. 나도 모르게 나온 감탄사가 몇 번이야?'

이런저런 생각과 함께 서연은 두 사람의 모습에서 두 주먹이 절로 힘껏 쥐어지는 것을 알 수 없었다.

서연이나 주변의 감탄에도 불구하고 둘의 대결은 계속 이어졌다.

이어진 상황은 소년이 위태롭던 앞의 상황과는 전혀 달랐다.

자신 있게 내지른 자신의 검이 연속으로 허공을 가르자 당황한 청암의 자세가 어느새 흐트러지고 만 것이다.

그리고 그런 청암의 빈틈을 놓칠 만큼 소년의 무공이 낮지 않았다.

"헉!"

흐트러진 자세를 바로잡고자 하던 청암은 어느새 자색 빛을 띤 소년의 주먹이 눈앞에 다가와 있자 암울해졌다.

'졌다. 고작 저런 소년에게 죽는 건가?'

청암은 그렇게 다가오는 소년의 주먹을 막을 길이 없었다.

그리고 그걸 끝까지 볼 자신도 없어 각오와 함께 두 눈을 질 끈 감았다.

그러나 한참을 기다려도 그가 기대한 충격은 없었다.

쾅!

이는 어느새 다가온 것인지 청운이 검집째 소년의 주먹을 막은 것이다.

"아! 사형, 감사⋯⋯."

꼼짝없이 죽을 뻔한 탓인지 청암이 청운에게 감사의 말을 전하려 했으나 그는 말을 이을 수가 없었다.

이는 충격을 받았는지 입가에 실핏줄을 보이는 청운의 눈빛이 원독에 차 있어 보는 이로 하여금 절로 움츠리게 만들었기 때문이다.

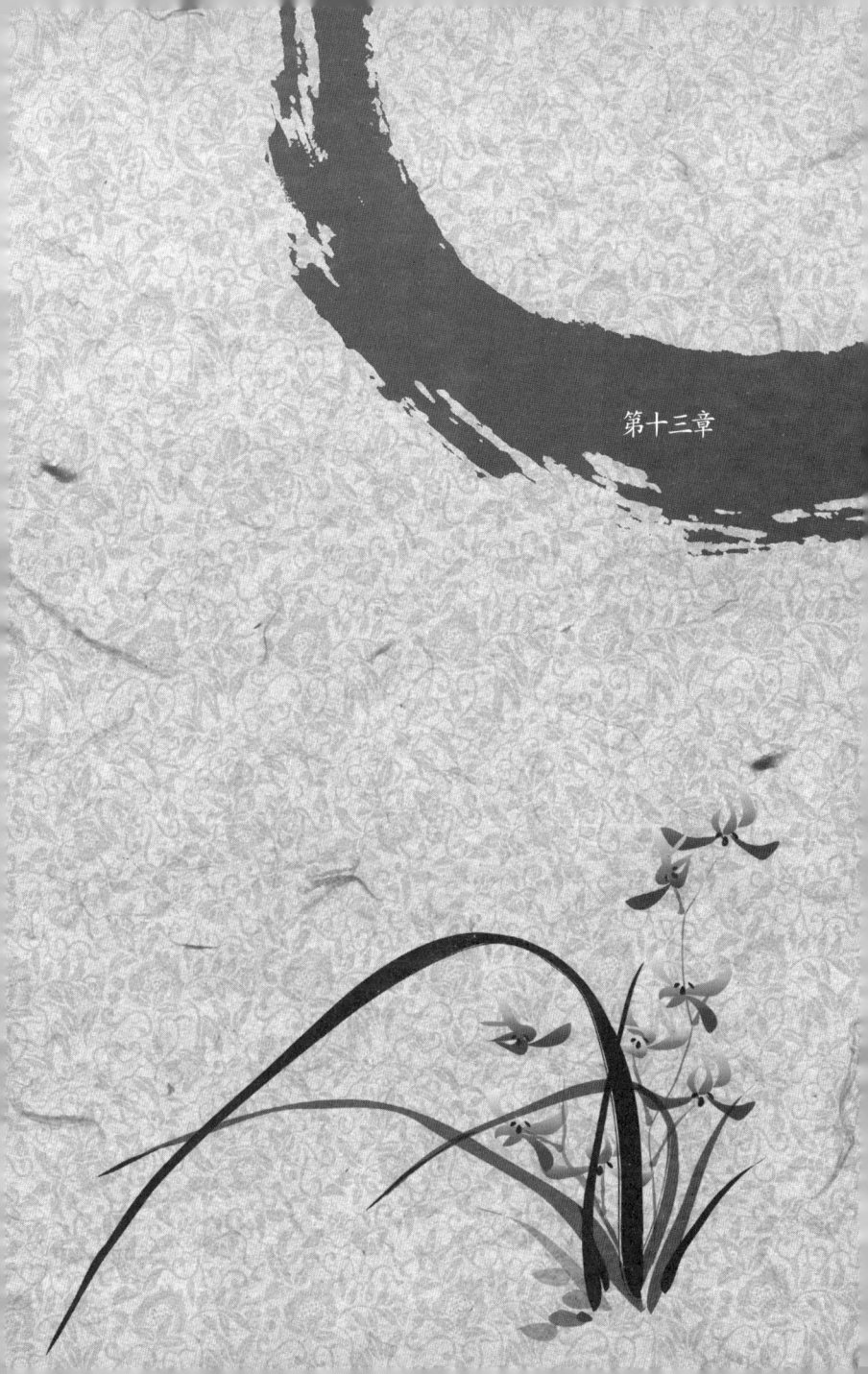

第十三章

'응?'

서연은 의아함을 느꼈다.

갑자기 객잔의 분위기가 변한 탓이다.

엄청 차가운 느낌의 무언가가 자신의 살갗을 콕콕 찔러대는 느낌.

그런 기묘한 느낌에 그만 가슴이 답답해 오고 불편함을 느끼게 된 것이다.

"이것이 살기입니다."

"살기라고요?"

"네. 전신을 파고드는 다시는 느끼기 싫은 이 기운, 저도 오랜만에 느껴보는군요."

서연의 질문에 답한 이는 표양으로 그는 이런 기운을 전에 느껴본 적이 있는 듯 진저리를 치며 말했다.

"그렇군요."

"그나저나 저 청운이란 도사, 대단하군요. 저 나이에 벌써 이런 경지라니. 물론 더 어린 나이에 이에 맞서는 저 소년도 마찬가지구요."

"아!"

표양이 그렇게 말하자 서연은 청운과 소년을 살폈다.

연신 짙은 살기를 내뿜는 청운의 기세도 엄청났지만 그런 살기를 직접 받아들이고 있는 소년의 태도 또한 변함이 없었다.

"이해할 수가 없군요."

"무엇이 말입니까?"

"저 청운이란 도사 말입니다. 명색이 정파라는 종남의 제자가 이런 살기라니. 단순히 저 사제가 위험에 처했다고 저러는 건 아닌 것 같은데……."

"아, 그런가요?"

표양의 의문에 이런 싸움을 처음 경험해 본 서연은 답할 말이 없었다.

그러나 한 가지는 분명했다.

이제부터 이어질 청운이란 도사와 소년의 싸움이 앞서와 다르게 매우 살벌해질 것이라는 것, 그것만은 분명해 보였다.

＊　　　＊　　　＊

휑～

앞서 청암과 소년이 싸울 때는 시끌벅적하던 객잔이 순식간에 조용해졌다.

서연이 느낀 것처럼 객잔의 인물들도 청운이 내뿜는 살기를 느낀 탓이다.

이런 객잔의 변화에도 청운의 표정은 변하지 않았다.

연신 전신에서 살기를 내뿜으며 매서운 눈초리로 소년을 바라보고 있다.

그러길 한참, 마침내 청운의 입에서 차가운 목소리가 흘러나왔다.

"그 무공, 명칭이 무엇이냐?"

청운의 말로 보아 그의 이런 태도는 소년의 무공에 기인한 듯했다.

"훗, 명색이 정파라 불리는 종남의 인물이 이런 살기라니 꽤 많이 죽였나 봐?"

살기를 내뿜은 청운의 질문에 위축되어 바른 대로 대답할
만도 했지만 소년은 청운의 질문에 답하지 않고 앞서와 같이
비아냥거릴 뿐이다.

오히려 그는 이런 상황을 많이 겪어봤는지 익숙해 보였다.
소년의 나이를 생각한다면 특이한 일이다.

"대답을 회피하는 것을 보아하니 내가 짐작한 바가 맞나보
구나, 저주받을 위지가의 애송아."

"애송이라……. 이봐, 나에겐 위지강이란 이름이 있다고."

소년, 아니, 위지강은 애송이란 소리가 듣기 싫은지 순순히
자신의 이름을 밝혔다. 그런 자신만만한 태도는 청운의 화를
더욱 돋웠다.

"감히 위지가의 핏줄이 이곳이 어디라고 찾아든 게냐? 각
오는 한 것이겠지?"

"훗, 이 성한 두 발로 중원 천지에 못 갈 곳이 어디 있어? 애
초에 시비를 건 건 네놈들인데 누구에게 화풀이냐?"

"그래, 두 발로 못 갈 곳은 없지. 그러나 이곳만은 오지 말
아야 했다. 더러운 위지가의 종자들은."

"훗, 더럽다? 유모, 더 이상은 참을 수가 없는걸. 뒤로 빠져
있어."

자꾸 자신의 가문을 모욕한 탓일까, 소년도 이제는 진지해
졌는지 유모라는 서역여인을 뒤로 물렸다.

소년이 느끼기에도 앞에서 살기를 내뿜는 청운과의 전투
가 그리 쉽게 끝나긴 어려워 보인 것이다.

"도련님, 안 됩니다, 이곳에선."

그런 소년의 태도에 서역여인이 놀라 말렸지만 이미 화가
많이 나버린 탓인지 소년의 태도는 변함이 없었다.

"괜찮아. 그나저나 이봐, 그깟 살기에 누가 겁이라도 먹을
줄 아나 본데, 그딴 건 나도 할 수 있거든."

그렇게 유모를 뒤로 물린 위지강은 청운의 살기에 자극 받
은 듯 자신도 그에게 살기를 내뿜었다.

차갑고 날카로운 느낌의 청운의 살기와는 다르게 위지강
의 내뿜는 기운은 약간은 뜨겁고 무거웠다. 그런 기운에 객잔
의 몇몇 인물은 놀라고 말았다.

"아니, 어찌 어린 소년이 이런 기운을……."

"그렇다면 저 소년도 절정의 고수?"

그들이 이렇듯 놀란 것은 당연한 일이었다.

기실 이렇게 살기를 뿜어대는 것은 기의 방출이 자유로운
절정경의 경지에서만 가능한 탓이다.

이십대 후반의 청운이야 충분히 그럴 나이가 되어 보이지
만 아직 십대로 보이는 위지강이 이런 기운을 뿜어내자 놀란
것이다.

이런 주변의 놀람에도 청운의 태도엔 변함이 없었다.

그는 마치 위지강이 이렇게 기운을 내뿜릴 줄 알고 있었는지 그저 검을 다시 한 번 강하게 쥐었다 풀 뿐이다.

"역시 위지가의 후손답게 어린놈이 잘도 살기를 내뿜는구나. 그럼 각오해라. 이 마⋯⋯."

검을 쥐고 펴는 동작으로 약간의 긴장감을 푼 것일까?

청운은 어느 정도 몸이 풀리자 위지강에게 달려들며 무언가를 외치려는 찰나였다.

*   *   *

"갈!"

서연의 눈앞에서 두 절정의 고수의 싸움이 시작되려는 찰나 객잔 입구에서 커다란 외침이 들려왔다.

서연이 놀라 그 목소리의 주인공을 찾아보았는데 객잔 입구엔 어느새 나타난 것인지 사오십 대로 보이는 백의중년인이 서 있었다.

"청운 네 이놈! 네놈이 제정신이더냐? 도사가 될 놈이 이런 살기라니!"

백의인은 그렇게 객잔에 들어서자마자 살기를 내뿜는 청운을 크게 꾸짖었다.

이를 보아 그는 아까 청운이 청양을 시켜 부른 종남의 장로 백원이 틀림없어 보였다.

이를 증명하듯 그의 백의의 가슴팍엔 선명하게 종(綜) 자가 박혀 있었다.

"백원 사숙, 하지만 저놈은 더러운 위지가의 핏줄……."

그런 백원의 노기에 청운은 급히 변명을 하였지만 이를 통해서 백원도 청운이 왜 저리 살기를 보인 것인지 알 수 있었다.

그럼에도 불구하고 백원의 태도는 변함이 없었다.

"그 일은 이미 과거에 끝난 일이다. 네놈이 선대의 결정을 무시하고 강호에 분란을 만들 셈이더냐?"

그의 말로 보아 종남과 저기 보이는 위지강의 가문은 선대에 무언가 얽힌 일이 있어 보였다.

"사숙, 하지만 저놈은……."

그럼에도 불구하고 청운은 인정할 수 없다는 듯 반발했다. 이게 백원의 화를 불렀다.

"그만하라지 않느냐? 명색이 대제자란 놈이 원한에 사로잡혀 본분을 잊어버리다니 네놈은 저기 쓰러진 네놈 사제가 보이지도 않더냐?"

청운은 종남 이대제자들을 책임지는 대제자의 위치에 있었다. 백원은 그가 다시 반발하려 하자 그 본분을 상기시켰다.

"아, 조 사제! 사숙, 얼른 사제를 봐주십시오. 아마 위험한 상태……."

백원에 말에 그제야 쓰러진 조일상을 떠올린 것일까?

청운은 급히 그렇게 말했다.

"일상이는 걱정 말거라. 이미 나보다 더 큰 의술을 지닌 분이 가 계시니."

명색이 종남파의 의당을 책임지는 백원이다.

그런 그보다 큰 의술을 가진 자라니……. 그의 말에 그가 누구일까 싶어 다들 조일상이 누워 있는 곳을 쳐다보았다.

언제 나타난 것일까?

조일상의 곁에는 갈색 마의를 입은 웬 노인이 그를 살피고 있었다.

"클클, 제대로 당했구먼."

"어르신, 조 사제의 상태가 많이 위중합니까?"

노인은 모두의 시선에 답변이라도 하듯 말했다. 그런 노인의 말에 백원을 데리러 갔다가 같이 돌아온 청양이 급히 물었다.

"한쪽 폐가 제대로 찢어졌구만. 어린놈의 손속이 제법 매섭구나. 겉은 멀쩡한데 속이 엉망이라니."

"내가중수법! 네놈이 감히……."

내가중수법은 말 그대로 일격필살의 수로 맞은 상대는 크게 상할 수밖에 없다.

어찌 된 영문인지는 모르겠으나 단순해 보이는 시비에 이런 수를 사용하다니 노할 수밖에 없었던 것이다.

"컬컬, 이놈이나 저놈이나. 백원아, 절치부심해서 키운 놈들이 이런 녀석들이니 제자농사를 잘못 지었구나."

청양이 백원의 말도 잊고 소년에게 달려들려 하자 노인은 백원을 부르며 말했다. 이에 청양은 달려들려는 자세를 풀 수밖에 없었다.

그러나 소년을 향한 적개심은 지울 수가 없는지 표정만은 그를 잡아먹을 듯했다.

"쯧쯧, 이런 표정이라니. 네놈은 오히려 저놈 손속에 감사해야 할 것이다."

"그게 무슨 말씀이십니까?"

노인의 말이 의외인지 청양이 물었다.

"저놈은 네 사제의 한쪽 폐만 정확히 작살을 내놨다. 폐가 아니라 심장을 노렸다면 어찌 되었겠느냐?"

"아⋯⋯!"

그제야 청양은 노인의 말을 이해할 수가 있었다.

살기를 풀풀 날리는 절정경의 고수가 타격 위치 하나 조정 못하겠는가?

만약 소년이 조일상의 목숨을 노렸다면 심장을 일격에 박

살 냈을 터였다.

'손속이 매섭기 그지없구나. 딱 죽지 않고 운신 못할 정도의 타격이라……. 어린놈 치고는 제법 경험이 있음이야.'

청양을 그렇게 다독거린 노인은 위지강을 바라보며 그 손속에 대해 생각했다.

이번 경우처럼 한 명이 다수를 상대할 때 일격에 한 명씩 절명시키는 것보단 이렇게 부상자를 만드는 게 유리했다.

이는 강호 초출의 경험이 적인 무인들은 잘 알지 못하는 것으로 소년이 어린 나이에 비해 제법 이런 개싸움에 경험이 있음을 알 수 있었던 것이다.

"홍!"

그런 노인의 시선 때문일까?

위지강의 콧방귀를 뀌며 그의 시선을 외면했다.

마치 모든 걸 알고 있다는 듯한 그 눈빛에 자신의 행동이 속속들이 드러난 것만 같아 무안했기 때문이다.

"컥, 쿨럭쿨럭!"

"앗! 피가! 어르신, 조 사제의 상태가 좋지 않습니다."

그런 노인의 시선이 위지강을 향한 탓일까?

자신을 봐달라고 말하는 듯이 조일상의 상태가 급변했다.

피를 잠시 토하더니 숨을 제대로 쉴 수 없는지 얼굴이 급하게 창백해진 것이다.

"앗! 폐기흉!"

아까부터 조일상의 상태를 먼발치서 살피던 서연은 그의 상태가 급변하자 그 상태가 짐작 간다는 듯 폐기흉이라는 소리와 함께 급히 그리로 달려갔다.

*   *   *

갈의노인은 황당했다.

조일상의 상태가 안 좋아지자 그 역시도 대충 상태가 짐작이 되어 급한 처리하기 위해 다가서려는데 웬 소년이 그의 앞을 횡하니 지나가는 것이 아닌가?

그러나 그 소년의 질주도 어느 인물에게 막히고 말았다. 그는 조일상을 살피던 청양이었다.

"뭐하는 놈이냐?"

"아씨, 비켜보세요 급하단 말이에요."

갑작스레 달려드는 소년의 모습에 청양은 급히 제지하려고 했으나 다급한 목소리를 내지르는 소년의 눈길에 그만 자신도 모르게 비켜서고 말았다.

'이게 무슨……'

청양은 그렇게 자신이 자리를 피해놓고도 이해를 할 수가 없었다. 기실 그에는 그만한 연유가 있었다.

평소 다른 사형제들과 달리 백원의 수발을 자주 드는 청양이기에 환자를 다룰 때의 백원의 눈빛을 잘 알고 있었다.

그런데 조금 전 서연의 눈길이 그런 백원의 눈길과 다를 바 없었던 것이다.

청양이 그런 생각을 하든 말든 서연은 조일상의 상태를 살필 뿐이다.

가까이 와서 살펴보자 폐기흉이 확실해 보였다. 확신이 들자 서연은 등에 메고 있던 배낭을 내리곤 그 안을 뒤지기 시작했다.

그러길 잠시, 서연은 이내 무언가를 찾았는지 배낭에서 꺼내 들고는 그것을 조일상의 가슴을 향해 힘껏 내리꽂았다.

"헉!"

"네 이놈! 이게 무슨 짓이냐?"

첫 번째 놀란 소리는 갑작스레 뛰쳐나간 서연을 따르던 표양에게서, 두 번째 노성은 서연에 곁에서 조일상을 살피던 청양에게서 나왔다.

그도 그럴 것이, 서연이 조일상의 가슴에 박은 건 철로 만든 대롱 같은 것으로 얼핏 보면 살수들이나 쓰는 암기 같았다.

그런 것을 환자의 가슴팍에 내리꽂는데 놀라지 않을 이가 어디 있겠는가.

"네 이놈! 네놈이 누구기에 이렇게 조 사제에게 암수를 쓰는 것이냐? 저 소년과 한패더냐?"

자리를 비켜준 탓일지 청양은 크게 자책하며 서연의 멱살을 움켜쥐고선 말했다.

"컥! 그게… 잠시… 만……."

그 힘이 센 탓일까?

서연은 숨이 막혀와 캑캑거리며 발버둥을 쳤다.

그때 그를 도와주는 누군가의 목소리가 들려왔다.

"쯧쯧, 네놈은 은인을 잡을 셈이냐? 얼른 그 손 놓지 못하겠느냐?"

그렇게 말한 이는 갈의노인이었다.

"아니, 어르신, 은인이라니요. 이놈이 조 사제에게 암수를 쓰는 것을 같이 보셨지 않습니까?"

갈의노인의 말에도 청양은 이해할 수 없다는 듯 서연의 멱살에 힘을 더욱더 주며 말했다.

"욱! 크억……."

서연은 이제는 숨마저 쉴 수 없어 얼굴이 창백해져 갔다.

그런 상황이 되자 갈의노인이 안 되겠다는 듯 손속을 날렸다.

톡, 톡.

가볍게 내지른 노인의 손속이다. 그러나 그 손길이 청양의 팔에 닿자 상황이 달라졌다.

그의 팔이 힘을 잃고 축 늘어지기 시작한 것이다.

"윽! 이게 무슨 짓입니까?"

갑자기 팔에 힘이 들어가지 않자 청양은 매섭게 노인을 쏘아보았다.

"쯧. 명색이 정파라는 놈이 애를 잡을 셈이더냐? 네놈은 지금 네 사제 놈의 얼굴도 안보인단 말이냐?"

그런 노인의 말에 그제야 청양은 조일상의 상태를 살폈다.

가슴에 대롱이 꽂혀 있는데도 불구하고 그의 상태는 아까와는 다르게 크게 안정되어 보였다.

"아!"

그 때문일까? 그제야 청양은 노인이 서연을 은인이라 칭한 이유를 알 수 있었다.

어찌 된 영문인지는 모르겠으나 그 해괴망측한 철 대롱이 조일상의 상태를 호전시킨 것이다.

『천선지가』 2권에 계속…

이제부터 전자책은

이젠북

www.ezenbook.co.kr

❧ 새로운 세계가 열린다! ❧

한백림 『천잠비룡포』   천중화 『그레이트 원』
좌백 『천마군림』   송진용 『몽검마도』
현대백수 『간웅』   김석진 『더블』
김정률 『아나크레온』   백연 『생사결—영정호우』
임준후 『켈베로스』   예가음 『신병이기』
진산 『화분, 용의 나라』   남운 『개방학사』

이름만 들어도 황홀할 정도의 별들의 향연!

이들의 "유료연재"가 시작됩니다!

검색창에 **이젠북** 을 쳐보세요! ▼ 🔍

豪涍甬 이포두

노주일 新무협 장편 소설

FANTASTIC ORIENTAL HEROES

청어람이 발굴한 신인 「노주일」
그가 선사하는 즐거운 이야기!

내 나이 방년 스물셋. 대륙을 휘몰아치는 전쟁에서
간신히 살아남아 고향으로 돌아왔다.
사실 전쟁은 이미 이기고 지는 건 문제도 아니었다.
단지 전후 협상만이 탁상공론으로 오고 갔을 뿐.
하지만 전쟁터에서는 항시 사람이 죽어 나갔다.
이유도 알지 못한 채 그냥.
그러던 차에 전후 협상처리가 되고 나서 전역했다.
그리고는 곧장 뒤도 돌아보지 않고 고향으로!

『이포두』

내 가족과 내 친구가 있는 곳으로!

마 in 화산

魔四狂

FANTASTIC ORIENTAL HEROES

용훈 新무협 판타지 소설

무림공적, 천살마군 염세악!
검신 한호에게 잡혀 화산에 갇힌 지 백 년.

와신상담… 절치부심… 복수무한…

세월은 이 모든 것을 잊게 하고
세상마저 그를 잊게 만들었다.
하지만.

"허면 어르신 함자가 어찌 되시는지……"
우연한 만남, 자신도 모르게 튀어나온 원수의 이름.
"그게… 한, 한호일세."

허무함의 끝에서 예기치 않게 꼬인 행로.
화산파 안[in]의 절세마인, 염세악의 선택!

Book Publishing CHUNGEORAM

WWW.chungeoram.com

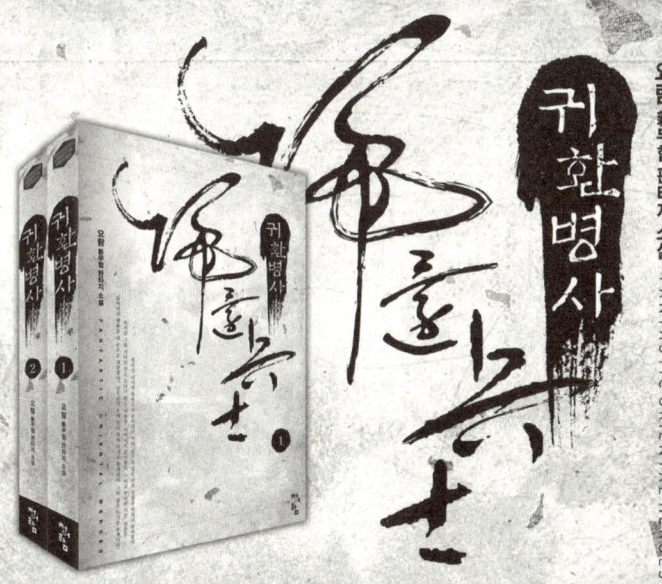

요람 新무협 판타지 소설 FANTASTIC ORIENTAL HEROES

귀환병사

국내 최대 장르문학 사이트를 휩쓴 화제작!
여름의 더위를 깨뜨려며 차가운 북방에서 그가 온다.

『귀환병사』

열다섯 나이에 북방으로 끌려갔던 사내, 진무린
십오 년의 징집을 마치고 돌아오다.

하지만 그를 기다린 것은 고아가 된 두 여동생, 어머니의 편지였다.
그리고 주어진 기연, 삼륜공……

"잃어버린 행복을 내 손으로 되찾겠다!"

진무린의 손에 들린 창이 다시금 활개친다.
그의 삶은 **뜨거운 투쟁**이다!

Book Publishing CHUNGEORAM

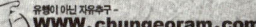 유행이 아닌 자유추구 -
WWW.chungeoram.com

허담 新무협 판타지 소설

FANTASTIC ORIENTAL HEROES

水仙經

수선경

사람이 아니라 짐승으로 살아온 삶

하늘의 뜻은 때로는 가혹하다

더러운 피를 씻을 깨끗한 피가 필요하다면 모든다 희뿌연 안개와 피가 흩뿌려지고 망자의 혼이 허공에서 춤출 때 검은의 사자가 그곳에 있을 것이다

작은 샘이 바다로 모여들 듯,
만류의 법이 하나로 회귀하듯,
다섯 개의 동경이 드디어 하나로 모인다.

검을 만드는 사람과
검을 쓰는 사람,
그리고 검을 버리는 사람의 이야기!

천명을 타고 태어난 **청풍과 강검산**
그리고 혈로를 걸어온 살수 **타유,**
그들이 다섯 줄기의 피의 숙명과 마주한다.

Book Publishing CHUNGEORAM

유행이 아닌 자유추구 -
WWW.chungeoram.com

FUSION FANTASTIC STORY
천성민 장편 소설

짐승의 규칙

『무결도왕』 『다크로드 블리츠』
천성민 작가의 신간!

『짐승의 규칙』

살아야만 했다.
나를 위해 희생당한 부모님을 위해.
복수를 위해.

죽여야만 했다.
내가 살기 위해 타인의 목숨을.

그렇게……
나는 짐승이 되었다.

Book Publishing CHUNGEORAM

유행이 아닌 자유추구 -
WWW.chungeoram.com

FANTASY FRONTIER SPIRIT

이충민 판타지 장편 소설

Mighty Warrior
영웅병사

복수를 다짐한 소년 병사.
붉은 제국을 향해 깃발을 세운다.

『영웅병사』

평온한 유년 시절을 보내던 비첼.
어느 날, 붉은 제국의 깃발 아래에 사랑하는 가족을 빼앗기고 만다.

"도끼… 도끼라면 다룰 줄 압니다."

병사가 되고자 참가한 전쟁에서 소년은 점점 영웅이 되어 간다!

쓰러져가는 아버지의 등을 억척며,
아직 어린 소년으로서 도끼를 들고 붉은 제국과 싸우 위해 일어선다.

제국과의 전쟁에 스스로 뛰어든 소년.
병사, 비첼 악센트
이것이 영웅 탄생의 시작이다!

Book Publishing CHUNGEORAM

유행이아닌 자유추구
WWW.chungeoram.com